Théorie

abrégée

du

Contrepoint

et de la

FUGUE

—PAR—

G. KASTNER

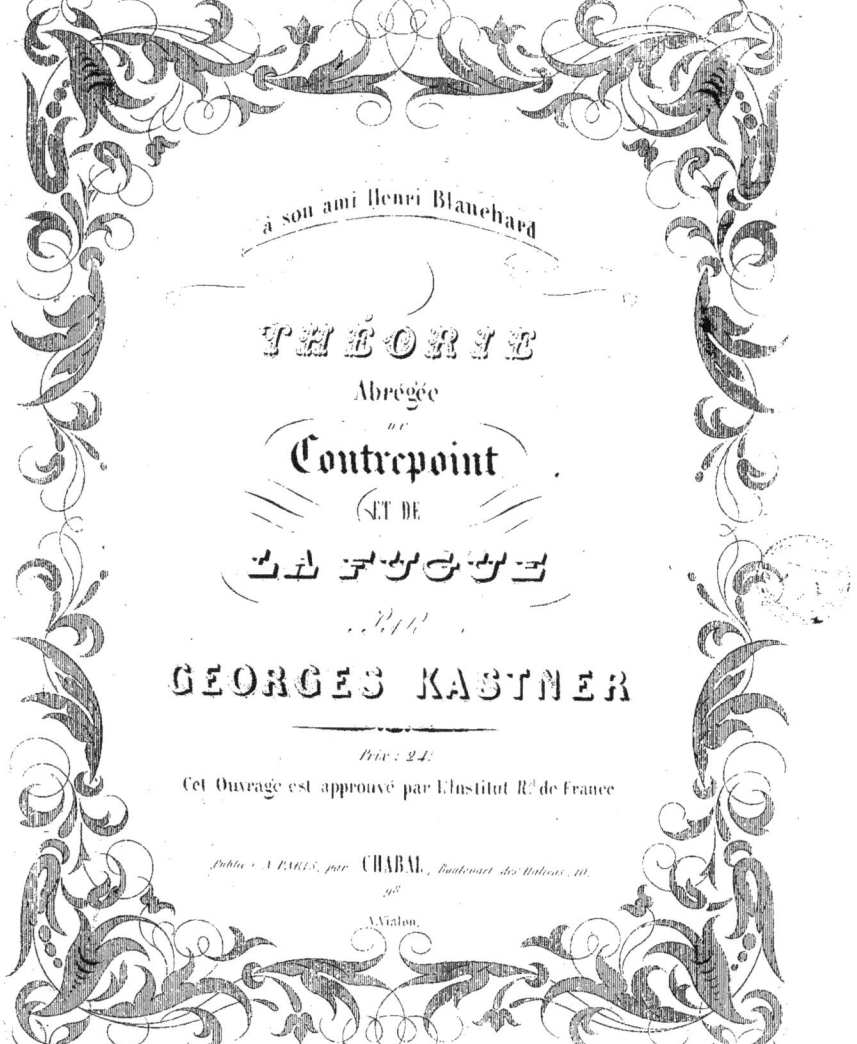

à son ami Henri Blanchard

THÉORIE
Abrégée
du
Contrepoint
ET DE
LA FUGUE
par
GEORGES KASTNER

Prix : 24 f.

Cet Ouvrage est approuvé par l'Institut R¹ de France

Publié à PARIS, par CHABAL, Boulevart des Italiens, 10.

A Vialon.

TABLE DES MATIÈRES.

Institut de France.

ACADÉMIE ROYALE DES BEAUX-ARTS.

Le Secrétaire perpétuel de l'Académie certifie que ce qui suit est extrait du Procès-verbal de la séance du Samedi 27 Avril 1839.

Rapport fait à l'Académie au nom de sa section de musique sur le nouvel ouvrage de M. Kastner ayant pour titre: THÉORIE ABRÉGÉE DU CONTREPOINT ET DE LA FUGUE, complément de trois autres ouvrages de sa composition qui sont: 1° TRAITÉ GÉNÉRAL D'INSTRUMENTATION, comprenant l'usage et les propriétés de chaque instrument etc; 2° DE L'INSTRUMENTATION, considérée sous les rapports poétiques et philo-sophiques de l'art. 3° GRAMMAIRE MUSICALE.

Messieurs,

M. le Ministre de l'Intérieur vous a invités à prendre connaissance du quatrième ouvrage de M. Kastner et à lui en faire un rapport. Vous avez renvoyé l'examen de ce quatrième livre à votre section de musique; elle s'est empressée de prendre ce soin, et je vais avoir l'honneur de vous faire connaître son opinion sur ses mérites.

Les trois premiers ouvrages que nous avons déjà cités ont eu l'avantage de recevoir votre approbation. Après un examen consciencieux et approfondi, nous avons reconnu que celui-ci était basé sur les doctrines de Cherubini, Mar-purg, Berton, Fux, G. Albrechtsberger, André, Kirnberger, etc; et que les exemples donnés par l'auteur y étaient classés avec capacité, car il a toujours su passer, avec art, du connu à l'inconnu pour arriver à la conclusion, et ce en commençant par le contrepoint simple, contrepoint double, triple quadruple etc; et en passant de là aux diffé-rentes sortes d'imitation, aux Canons de toute espèce et à la Fugue. Enfin divers exemples de haute composition musicale ont été puisés par lui dans les œuvres des grands maîtres, et la rédaction générale nous a semblé faite avec talent et surtout avec une grande lucidité, mérite éminent et de première nécessité pour constituer un bon ouvrage de cette nature. Nous croyons donc que M. Kastner a atteint ce but si désiré et si désirable dans les production des beaux-arts, et nous pensons que l'Académie ferait une chose juste et utile en accordant son honorable approbation à notre rapport.

Signé à la minute: Cherubini, Paër, Auber, Halévy, Berton rapporteur.

L'Académie adopte les conclusions de ce Rapport.

Certifié conforme.

Le Secrétaire perpétuel

QUATREMÈRE DE QUINCY.

Gravé par V. AUBRY.

AVANT-PROPOS.

La rareté des ouvrages du genre de celui que nous publions, le développement trop vaste et trop compliqué des préceptes et des démonstrations qu'ils renferment, m'ont prouvé suffisamment la nécessité d'exposer un pareil enseignement d'après une méthode plus simple et plus concise; mais en cherchant à atteindre ce but, il fallait éviter de tomber dans le défaut contraire. Aussi tout en faisant abstraction dans ma THÉORIE ABRÉGÉE des choses qui me paraissaient peu nécessaires ou même superflues, me suis-je particulièrement appliqué à n'y rien omettre d'essentiel et d'intéressant.

Afin de pouvoir réaliser d'une manière plus claire, plus infaillible et plus précise, le plan que j'avais conçu, j'ai eu recours à de puissantes autorités, et j'ai consulté CHERUBINI, BERTON, REICHA, FUX, MARPURG, KIRNBERGER, ALBRECHTSBERGER, ANDRÉ, etc. Ce sont ces illustres maîtres qui m'ont fourni les principes sur lesquels se base mon ouvrage, et une partie des exemples qui viennent à l'appui des instructions données.

Les matières dont je traite successivement dans ma THÉORIE ABRÉGÉE DU CONTRE-POINT ET DE LA FUGUE sont:

1° LE CONTRE-POINT SIMPLE.

J'ai parlé des cinq espèces de ce Contre-point, et j'ai essayé de démontrer que cette division doit prévaloir sur toutes celles qui comprennent un plus grand nombre d'espèces.

2° LE CONTRE-POINT DOUBLE.

J'ai donné toutes les règles nécessaires pour la formation des Contre-points doubles, à l'8ᵛᵉ, à la 10ᵉ et à la 12ᵉ; mais quoique je me sois plus spécialement occupé de ces trois espèces comme des plus importantes et des plus usitées, je n'ai point négligé de dire quelques mots sur les autres Contre-points doubles, savoir: Ceux à la 9ᵉ, ceux à la 11ᵉ, ceux à la 13ᵉ, etc. Se trouvent encore, à la suite, des renseignements sur le CONTRE-POINT TRIPLE, sur le CONTRE-POINT QUADRUPLE, etc.

3° L'IMITATION.

J'ai passé en revue les diverses sortes d'imitation telles que: imitations à l'unisson, à la 2ᵈᵉ, à la 3ᵉ, à la 4ᵗᵉ, à la 5ᵗᵉ, etc.

4° LE CANON.

Après avoir indiqué la manière de composer un Canon, je n'ai pu m'empêcher de présenter quelques observations au sujet du CANON ÉNIGMATIQUE. Elles tendent à prouver que ce canon, ainsi que toute production de même nature, doit être regardé plutôt comme un objet de curiosité que comme un objet d'étude.

5° LA FUGUE.

J'ai eu l'intention de traiter cette partie importante de la composition musicale d'après le système le plus rationnel; et les doctrines auxquelles je me suis arrêté de préférence s'appuient d'exemples tirés des meilleurs auteurs, entr' autres, KIRNBERGER, FUX, ALBRECHTSBERGER, BACH, ANDRÉ, etc.

Enfin à fur et à mesure que je poursuivais mon travail, je tâchais d'aplanir autant que possible les difficultés qui découragent ordinairement les jeunes compositeurs nouvellement initiés aux théories du Contre-point et de la Fugue.

Je crois que l'opportunité d'un ouvrage écrit dans de telles considérations ne saurait être contestée, et j'ose espérer que le mien obtiendra l'approbation naturellement acquise à toute chose utile.

GEORGES KASTNER.

N. B. Il est inutile de faire observer que le présent ouvrage s'adresse aux personnes qui ont une parfaite connaissance de l'harmonie, connaissance sans laquelle ce serait à coup sûr peine perdue que d'entreprendre l'étude des matières qu'il contient.

CHAPITRE PRÉLIMINAIRE.

DU STYLE SÉVÈRE ET DU STYLE LIBRE.

Il y a deux systèmes qui conviennent également pour traiter l'harmonie. On qualifie l'un de STYLE SÉVÈRE, l'autre de STYLE LIBRE.

Quel que soit le système adopté, il faut observer avec soin tout ce qui est prescrit par les règles de la composition, et ne se permettre des licences qu'autant que le jugement et le goût en légitiment l'usage.

I.

Le style sévère était le seul admis avant le XVIIIe siècle. Il fut employé entre autres par FUX et PALESTRINA qui ont fourni des modèles en ce genre.

C'est presque exclusivement pour la musique d'Église qu'on en fait usage de nos jours. Cependant nous conseillons à tous les compositeurs de se le rendre familier s'ils veulent connaître toutes les ressources de l'harmonie, ainsi que les moyens divers de développer un sujet.

Le style sévère diffère principalement du style libre par la manière d'écrire pour chaque voix en particulier, par les accords dont on se sert de préférence, par le système de modulation qu'on emploie etc: Ce style laisse aussi beaucoup moins de liberté et demande à être traité avec une certaine rigueur. Voici en quoi elle consiste: à éviter les accords brisés, les petites notes et les modulations enharmoniques; à empêcher qu'une seule des parties prédomine et à mettre au contraire chacune d'elles en relief par un dessin particulier etc: On y recommande enfin l'emploi fréquent des suspensions comme aussi celui des imitations, des canons, du contre-point double, du genre fugué etc:

II.

Dès que la musique tendit à se perfectionner on comprit peu à peu qu'il fallait secouer le joug des vieilles traditions d'école et soustraire le génie aux susceptibilités du pédantisme. Après avoir élagué dans la science théorique des difficultés superflues qui en rendaient l'étude pénible et fastidieuse, on en vint à accorder toute préférence au style libre qui est maintenant le plus répandu.

Mais si on allait conclure de là que le style libre n'est soumis à aucune règle, n'exige aucune étude, on commettrait une erreur grave, car c'est seulement des restrictions que nous avons signalées au sujet du style sévère qu'il s'affranchit; l'emploi des accords brisés et des petites notes y est donc autorisé; on peut y faire prédominer une partie et rester long-temps dans le même ton, ce qui ne doit pas se pratiquer dans le style sévère etc:

DU CONTRE-POINT.

CHAPITRE PREMIER.

On entend par CONTRE-POINT [1] l'art d'ajouter à un chant inventé d'après les règles de l'harmonie une ou plusieurs parties dont chacune se distingue par un caractère mélodique à elle propre.

On admet dans le Contre-point le style sévère comme le style libre. Mais il faut se rappeler que le premier présente plusieurs conditions qu'on est tenu de remplir comme, par exemple, de préparer presque toutes les dissonances, d'omettre les ornements du chant etc: Quand le Contre-point est dans le style libre on n'est pas resserré en de si étroites limites, ni soumis à une forme indiquée. Parmi les maîtres qui excellèrent les premiers, dans le Contre-point en style libre il faut nommer les SCARLATTI et les DURANTE.

---

[1] CONTRE-POINT ou CONTREPOINT, terme fort ancien qui se l'emploie plus aujourd'hui que traditionnellement, et dont la signification primitive se rapporte au système de notation où, dans le même temps, les tons étaient figurés par de simples points au lieu de notes; de façon qu'en ajoutant à un chant principal, une ou plusieurs parties secondaires, on plaçait point contre point. Pour les contres partonbré et à diverses reprises point contre point. De là peu à peu il put résulter ce qu'on appelle un contre-point.

EXEMPLES DE CONTRE-POINT.

Le chant donné peut être également partie de basse.

CHAPITRE SECOND.
DU CONTRE-POINT SIMPLE.

Le Contre-point simple n'exige pour toute condition qu'une harmonie correcte et une bonne progression des parties sous la mélodie donnée. (1)

Les règles générales qui conduisent à ce résultat sont les suivantes: (2)

1°. Il faut commencer par L'ACCORD PARFAIT NON RENVERSÉ, c'est à dire dont la tonique est à la basse. Il y a cependant des compositeurs modernes qui commencent aussi par le 1er RENVERSEMENT de l'accord parfait (accord de tierce sixte) ou même par L'ACCORD DE SEPTIÈME DOMINANTE.

2°. On doit éviter soigneusement, lorsqu'il peut en résulter un mauvais effet, des successions de consonnances de même nature, telles que UNISSONS, QUINTES et OCTAVES. Les octaves cachées sont même proscrites dans le style sévère.

3°. Quand le Contre-point est écrit dans le style sévère, on prépare et on résout toutes les dissonnances à l'exception de la SEPTIÈME MINEURE, de la QUARTE AUGMENTÉE, lorsqu'elle est accompagnée d'une SIXTE MAJEURE, et de la QUINTE DIMINUÉE, lorsqu'on la frappe avec une tierce mineure. Dans le style libre, au contraire, les intervalles de QUARTE DIMINUÉE, de QUARTE JUSTE, de QUARTE AUGMENTÉE, de QUINTE DIMINUÉE, de SIXTE AUGMENTÉE de SEPTIÈME MINEURE, de SEPTIÈME DIMINUÉE etc. se donnent sans préparation.

4°. On ne double pas les dissonnances parce qu'on ne pourrait les résoudre sans faire des octaves défendues.

5°. Un intervalle suivi ou précédé d'un signe de silence doit consonner avec les autres intervalles de l'accord.

6°. Pour donner plus de couleur et de variété à l'harmonie il faut entremêler avec les consonnances et les dissonnances, mais en choisissant plutôt dans les premières les consonnances imparfaites (tierces, sixtes). Cependant on n'en fera pas abus, car une trop longue suite de tierces ou de sixes paraîtrait monotone. De toutes les consonnances parfaites, c'est l'octave qu'on emploie le plus rarement dans le courant du Contre-point, parce qu'elle tend à indiquer le repos final. Généralement on ne s'en sert que pour commencer ou pour finir.

7°. Afin d'être moins exposé à faire des progressions qui pourraient blesser l'oreille, et qui sont défendues par la 2e. règle, on doit adopter de préférence dans la marche des parties le mouvement CONTRAIRE et l'OBLIQUE.

8°. Quand on écrit seulement à deux parties il ne faut pas qu'elles soient trop écartées l'une de l'autre, afin qu'on remarque le moins possible le vide produit par l'absence des intervalles omis. Mais positivement le contraire est à observer quand on écrit à quatre parties; car si les parties extrêmes étaient trop rapprochées, les parties intermédiaires manqueraient de l'espace nécessaire pour se mouvoir librement.

9°. On ne laissera pas descendre une des parties du Contre-point au dessous de la basse, sans quoi l'harmonie fondamentale pourrait être dénaturée.

10°. Le STYLE SÉVÈRE oblige à n'admettre dans aucune partie des sauts d'intervalles peu naturels et qui seraient d'une certaine difficulté pour les voix, par conséquent il rejetterait les suivants:

_____

(1) On désigne la mélodie donnée par les expressions CANTUS FIRMUS, ou CHANT DONNÉ, ou PLAIN-CHANT, ou CHORAL.
(2) La plupart des règles qui concernent le Contre-point simple et ses différentes espèces ne se rapportent qu'au STYLE SÉVÈRE.

Cependant dans quelques progressions on peut employer passagerement en montant la QUARTE AUGMENTEE, indiquée ci-dessus par le signe + Si toutefois l'on voulait se servir de ces intervalles on ferait bien de les convertir.

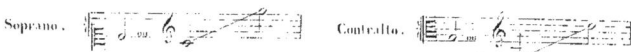

Car alors on obtient des intervalles diminués qui, en général, offrent des intonations plus faciles que les intervalles augmentés. Au reste il faut se souvenir que cette règle ne concerne que la musique vocale.

11° Il ne faut pas que les parties aillent au delà des limites qui leur sont prescrites par l'étendue des voix, ni qu'elles dépassent dans les chœurs ces notes extrêmes pour les voix d'hommes, si l'on écrit dans le style rigoureux.

Ténor.   Basse.

Et pour les voix de femmes celles-ci:

Soprano.   Contralto.

12° On n'admet ordinairement (dans le style rigoureux) que les modulations dans les plus proches Relatifs. Si donc UT majeur est ton principal, voici les cinq tons dont on peut disposer:

Quand on est en LA mineur, par exemple, on peut également se servir des cinq relatifs de ce ton.

13° Il est essentiel d'éviter les fausses relations dont l'oreille se trouverait choquée, et particulièrement celles qui naissent d'un changement de mode.

14° On n'emploie généralement que deux sortes de notes accidentelles dans le style rigoureux, savoir: les notes de passage et les suspensions. On sait qu'elles doivent arriver sur les notes réelles par degrés conjoints.

Le Contre-point simple comprend cinq espèces:

Dans la première on place NOTE contre NOTE; autrement dit à chaque note du chant donné le Contre-point en oppose une d'égale valeur.

EXEMPLES.

Dans la deuxième, à chaque note du chant donné le Contre-point en oppose deux.

EXEMPLE.

Chant donné.

Contre-point.

Dans la troisième, à chaque note du chant donné le Contre-point en oppose trois, quatre et même davantage.

EXEMPLES.

N.º 1.

Chant donné.

Contre-point.

Chant donné.

Contre-point.

N.º 2.

Chant donné.

Contre-point.

Dans la quatrième, à chaque note du chant donné le Contre-point en oppose deux dont l'une est jointe à celle qui la précède par la liaison.

EXEMPLE.

Chant donné.

Contre-point.

Dans la cinquième on admet toutes sortes de valeurs contre chaque note du chant donné, ainsi que la liaison.

EXEMPLE.

Chant donné.

Contre-point.

La 1.ʳᵉ espèce de cette classification est un CONTRE-POINT ÉGAL; les 2.ᵐᵉ 3.ᵐᵉ et 4.ᵐᵉ sont des CONTRE-POINTS INÉGAUX. Quant à la dernière qui réunit tous les genres, on l'appelle CONTRE-POINT FLEURI. Ce Contre-point est pour ainsi dire le seul qu'on emploie habituellement. Afin d'être en état de l'étudier avec fruit il faut avoir des notions certaines sur les autres espèces de Contre-point simple que, pour cette raison, on devra passer d'abord en revue (N. B.)

N. B. Nous ferons remarquer que si l'on avait égard à l'opinion de plusieurs théoriciens, on compterait jusqu'à 15 et même 15 espèces de Contre-point simple, telles que le Contre-point pointé (contrappunto puntato) qui procède par notes pointées.

Chant donné.

Contre-point.

etc.

CHAPITRE TROISIÈME.
PREMIÈRE ESPÈCE DE CONTRE-POINT SIMPLE.

Outre les règles générales données ci-dessus il faut observer les suivantes qui sont en même temps applicables aux autres espèces de Contre-point, sauf quelques changements.

1° En commençant et en terminant le Contre-point on emploie des consonnances parfaites; plus rarement des consonnances imparfaites.

2° Le Contre-point de note contre note se base ordinairement sur l'harmonie consonnante. Le choix des intervalles y est donc assez limité. On a les Tierces et les Sixtes; la Quinte juste, l'Octave et l'Unisson; encore évite-t-on d'employer trop souvent dans le cours du Contre-point ces deux derniers intervalles, et fait-on un plus fréquent usage des consonnances imparfaites que des consonnances parfaites. La Quarte juste se produisant pas un très bon effet en est presque toujours rejetée, dumoins à deux parties, ou à plusieurs parties entre la basse et une partie haute. Cependant les intervalles dissonnants provenant de l'accord de Septième dominante tels que: SEPTIÈME MINEURE, QUINTE DIMINUÉE et QUARTE AUGMENTÉE, sont quelquefois admis, mais dans le style sévère bien des Théoriciens blâmeraient cette licence.

3° Dans le style sévère, en terminant, si le Contre-point est partie élevée, la cadence s'opère ordinairement par la Sixte majeure

EXEMPLE:

Et si le Contre-point est partie inférieure par la Tierce mineure

EXEMPLE:

4° Pour éviter les successions fautives, on doit avoir attention à la marche des consonnances entre elles. Ainsi dans le style rigoureux il faut observer les prescriptions suivantes:

1° D'une consonnance parfaite à une autre consonnance parfaite on ne doit aller que par mouvement contraire ou oblique.

Le Contre-point syncopé (Contrappunto sincopato.)

Chant donné.

Contre-point.

Le Contre-point boiteux (Contrappunto zoppo) qui procède par notes retardées.

Chant donné.

Contre-point.

Le Contre-point sautillant (Contrappunto in saltarello) qui procède par petits sauts.

Chant donné.

Contre-point.

Nous ne ferons point énumération des autres spécifes de Contre-point simple ayant pour principe d'éviter dans le présent ouvrage tout ce qui constituerait le lecteur sous lui être d'une utilité véritable. D'ailleurs elles viennent toutes se ranger naturellement dans les cinq espèces principales exposées ci-dessus, aux quelles elles n'apportent que de légères modifications et dont elles peuvent s'appliquer les règles.

(98)

2.° D'une consonnance parfaite à une consonnance imparfaite on peut aller par tous les mouvements.

3.° Pour aller d'une consonnance imparfaite à une consonnance parfaite on emploie le mouvement contraire comme le mouvement oblique.

4.° On peut aller d'une consonnance imparfaite à une consonnance imparfaite par tous les mouvements.

5.° A deux parties on évite de faire deux quintes ou deux octaves justes consécutives par mouvement contraire, cette progression donnant une harmonie pauvre.

6.° On peut quelquefois laisser les parties se croiser momentanément, et surtout en traitant des voix de même nature.

EXEMPLES DE CONTRE-POINT ÉGAL.

A DEUX PARTIES.

Il faut remarquer qu'à deux parties on peut bien faire une tenue sur la même note pendant deux mesures; mais il est à conseiller de ne pas excéder ce nombre si l'on ne veut tomber dans l'uniformité.

A trois et à quatre parties les règles précédentes perdent beaucoup de leur rigueur: il est permis 1.° quant à la règle qui concerne la marche ou le progrès des consonnances, d'aller d'une consonnance quelconque à une consonnance parfaite par mouvement semblable, sous condition que cela ait lieu plutôt entre les parties intermédiaires qu'entre les parties extrêmes, principalement dans le style rigoureux. 2.° que la durée des tenues sur une même note se prolonge au delà de deux mesures. La raison en est que ce repos momentané n'est plus aussi sensible, puisque les autres parties sont en mouvement. 3.° que des quintes et des octaves justes aient lieu par mouvement contraire, mais de préférence dans les parties intermédiaires. 4.° que les parties se croisent, c'est à dire, que le Soprano, par exemple, descende plus bas que le Contralto, et que la Basse monte plus haut que le Ténor; ce qui est déjà toléré, comme on sait, dans l'harmonie à deux parties.

De plus, en écrivant à trois et à quatre parties, il faut observer que les accords ne soient point privés des notes essentielles qui les caractérisent et qui déterminent l'espèce de chacun d'eux; qu'il y ait de la variété dans la marche respective des parties; que si dans le cours du Contre-point l'on est obligé de doubler un intervalle, il est mieux d'obtenir des octaves que des unissons; enfin qu'on ait soin de rechercher le plus possible à la fois une harmonie complète, claire, et présentant une disposition élégante sous le rapport du mouvement des parties. Les règles précédentes sont pour la plupart des règles générales qui se rapportent également aux différentes espèces de Contre-point simple.

À TROIS PARTIES.

1. Chant donné.

2. Chant donné.

À QUATRE PARTIES.

1.

Chant donné.

2. Chant donné.

Il est inutile d'ajouter ici de nouveaux exemples pour montrer de combien de manières l'on peut varier la disposition des parties. Nous nous bornerons à dire que le Chant donné comme le Contre-point est ou partie supérieure,
ou partie de basse, ou partie intermédiaire.

CHAPITRE QUATRIÈME.

DEUXIÈME ESPÈCE DE CONTRE-POINT SIMPLE.

1°. Le Contre-point ne commence ordinairement qu'après un silence placé pour la première moitié de la note du Chant donné; toutefois cela n'est pas de rigueur, et l'attaque simultanée des parties, pour avoir moins d'élégance, n'en est pas moins correcte.

2°. Dans le style sévère, quand le Contre-point est partie supérieure la cadence finale se fait le plus souvent comme suit:

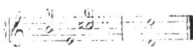

Et de cette manière quand il est partie inférieure:

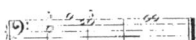

3°. Les dissonances sont permises, mais seulement par degrés conjoints, encore doivent elles tomber autant que faire se peut sur les temps faibles de la mesure.

4°. On autorise l'emploi de l'unisson et des notes de passage.

5°. La Quarte juste peut avoir lieu passagèrement sur le temps faible, et même parfois sur le temps fort, ainsi que les dissonances.

6°. Sont généralement à éviter à deux parties et par mouvement semblable, des sauts successifs de TIERCES, QUARTES, QUINTES, et SIXTES qui amènent des suites d'octaves et de quintes au temps fort. Il en est de même des passages où l'on procède par degrés conjoints, au lieu de procéder par sauts d'intervalles, car ce n'est point la note intermédiaire qui peut pallier la faute, à raison de la prédominance du temps fort.

Sauts de TIERCES.
1. Suites de Quintes. 2.

Sauts de QUARTES.
3. Suites d'Octaves. 4.
5. Suite de Quintes 6. Suite d'Octaves.

Sauts
de
QUINTES.

Suites de Quintes et d'Octaves.   8.

Sauts
de
SIXTES.

9. Suites de Quintes.   10.

11. Suites d'Octaves.   12.

Il est bon de dire que tous les exemples ci-dessus ne sont pas également fautifs; il y en a même de tolérés par certains théoriciens moins rigoristes que les autres. Selon eux la note intermédiaire atténue de beaucoup l'effet des quintes et des octaves consécutives dans un mouvement lent, et ils sont d'avis que tels Sauts d'intervalles plus grands qu'une tierce peuvent sauver (même à deux parties) deux quintes et deux octaves parallèles. Les Nos 5, 6, 9, 10, 11, 12, sont compris dans ces restrictions favorables. Quant aux cas des exemples suivants, il faut les éviter.

1.   2.   3.   4.

EXEMPLE de CONTRE-POINT SIMPLE de 2.ᵉ ESPÈCE.

Contre-point.

Chant donné.

Ce que nous avons fait observer au sujet de la distribution des parties en parlant du Contre-point de note contre note, devant être maintenu à l'égard de la présente espèce, on pourrait aussi bien dans un autre exemple mettre le Contre-point à la basse et le chant à la partie donnée. Afin de n'avoir pas à reproduire désormais cette remarque, nous prévenons ici une fois pour toutes qu'elle est applicable aux autres espèces de Contre-point simple dont nous nous occuperons successivement.

Pour traiter le **Contre-point** de DEUX NOTES CONTRE UNE, il faut d'abord se rappeler une partie des règles données pour celui de NOTE CONTRE NOTE; puis avoir égard aux observations suivantes: A TROIS PARTIES. 1°. Un saut de tierce peut dans une partie intermédiaire sauver deux quintes qui se suivent sur le temps fort. 2°. La Syncope est quelquefois employée dans l'avant dernière mesure, principalement quand l'harmonie est disposée de telle sorte qu'il n'y ait que ce seul moyen d'éviter une incorrection. 3°. La Cadence se formule par $\frac{5-3}{4-3}$ ou $\frac{4-3}{2-3}$ ou $\frac{7-6}{4-5}$ ou $\frac{5-6}{4-5}$ etc. 4°. L'avant dernière mesure contient souvent des notes de valeur semblable. Il en est de même à quatre parties. 5°. Sous le rapport de la combinaison des parties il est à remarquer d'abord que le Contre-point et le Chant donné peuvent se placer dans toutes les parties; ensuite, que les deux parties ajoutées au CHANT DONNÉ sont toutes les deux en Contre-point de la seconde espèce, ou que l'une fait ce Contre-point tandis que l'autre est en Contre-point de note contre note respectivement au Chant donné. Cette dernière version est celle qu'on emploie dans le style sévère.

A QUATRE PARTIES 1°. On permet les Sauts de 3°, 4°, 5°, 6°. 2°. Les notes de l'avant dernière mesure sont souvent d'égale valeur, ainsi qu'il a été dit plus haut.

À TROIS PARTIES.

Nº 1. Chant donné.   A QUATRE PARTIES.

Nº 2.

Chant donné.

CHAPITRE CINQUIÈME.

TROISIÈME ESPÈCE DE CONTRE-POINT SIMPLE.

1°. A l'instar de la 2ᵐᵉ espèce, la première note du Contre-point est ordinairement précédée d'un silence qui vaut un soupir (quart de pause) si les valeurs adoptées dans le Contre-point sont des noires.

2°. Les notes qui tombent sur les temps forts de la mesure doivent être consonnantes; celles qui tombent sur les temps faibles peuvent être dissonnantes, à moins toutefois que la dissonnante ne soit placée entre deux consonnantes; elle pourrait alors se pratiquer sur le temps fort.

3°. A l'égard de la marche des Dissonnances, on procède le plus souvent par degrés conjoints, et en passant d'une consonnance à une autre consonnance. On peut aussi, dans des cas difficiles, employer deux Quartes consécutives par mouvement conjoint. Il est toutefois à remarquer que les auteurs anciens se permettaient les dissonnances disjointes en faisant un saut de Tierce,   aussi bien que la Quarte juste.

4°. A deux parties, quand le Contre-point est partie supérieure, on lui donne assez souvent cette terminaison:

Et quand il est à la basse celle-ci:

5°. Dans le style sévère et surtout à deux parties, le Contre-point de 5ᵐᵉ espèce rejette des passages tels que les suivants, où l'on trouve des quintes et des octaves parallèles dont l'effet ne peut être entièrement annulé ni par une noire, ni par deux noires, ni quelquefois même par trois noires de suite, bien que le mouvement contraire y soit employé.

EXEMPLES de CONTRE-POINT SIMPLE de 3ᵉ ESPÈCE.

N°. 1.
Chant donné.
À DEUX PARTIES.

Contre-point.

No. 2. Contre-point.

Chant donné.

Nous n'avons rien de particulier à dire touchant l'emploi de la présente espèce à trois et à quatre parties.

À TROIS PARTIES.

Chant donné.

À QUATRE PARTIES.

Chant donné.

La troisième espèce s'emploie parfois avec la précédente, mais alors le Contre-point de la 2ᵐᵉ espèce ne commence ordinairement qu'après celui de la troisième, autrement dit la partie qui fait deux notes contre une n'entre qu'en second. En pareil cas il devient pour ainsi dire inévitable qu'une des deux parties ne procède presque continuellement par intervalles disjoints.

CHAPITRE SIXIÈME.

QUATRIÈME ESPÈCE DE CONTRE-POINT SIMPLE.

1°. La note liée ou seconde moitié de la syncope, qui tombe sur le temps fort de la mesure peut être consonnante ou dissonnante; mais celle qui tombe sur le temps faible, et qu'on attaque librement, c'est à dire sans la préparer, doit être consonnante, à moins que la nécessité d'avoir une bonne progression mélodique dans une partie, n'en décide autrement, ou bien que les dissonances tombant sur le temps faible ne soient employées dans un passage où l'on aurait fait usage de la Pédale.

2.° La Quarte juste est assujétie aux mêmes prescriptions que les dissonnances.

3.° Lorsque la dernière note de la syncope est consonnante, on peut ensuite marcher par degrés conjoints ou par degrés disjoints; mais si elle est dissonnante, il faut presque toujours la résoudre comme il est prescrit pour les dissonnances, c'est à dire en descendant d'un degré.

4.° A deux parties, quand le Contre-point est partie supérieure, cette cadence est la plus usitée:

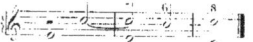

Et quand il est partie inférieure, cette autre:

5.° Lorsque le Chant marche par degrés conjoints il faut prendre garde à ne point faire consécutivement des unissons, des quintes ou des octaves réelles.

La progression N.° 4 est également à éviter; mais on peut employer la suite de sixtes retardées du N.° 5.

6.° Dans le cours du Contre-point il est permis de suspendre de temps en temps l'emploi de la syncope pendant une ou deux mesures; la progression des accords et la marche des parties obligent quelquefois d'avoir recours à cette irrégularité si l'on n'a pu trouver d'autres moyens de se tirer d'embarras.

EXEMPLES de CONTRE-POINT SIMPLE de 4.ᵉ ESPÈCE.

À DEUX PARTIES.

Pour traiter le Contre-point de 4.ᵉ espèce à trois et à quatre parties, il faut observer la plupart des règles précédentes et de plus considérer: 1.° que la règle concernant les suites de consonnances parfaites perdant de sa rigueur en raison de l'emploi simultané d'un plus grand nombre d'intervalles, de la variété du mouvement dans les parties par rapport à leur succession, et de l'influence particulière à l'harmonie dissonnante, on peut admettre dans un mouvement lent les progressions suivantes aux quelles les anciens théoriciens mêmes n'ont pas refusé leur assentiment.

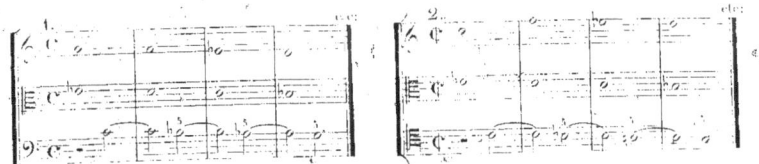

2°. que pour des raisons analogues à celles dont il a été question ci dessus dans l'article 5, on interrompt quelquefois la syncope, et l'on fait usage du silence dans le cours du Contre-point. Ce silence peut durer la moitié
de la mesure, et au commencement, peut durer la mesure entière.

5°. Que l'on peut employer la Tenue ou la Pédale, et qu'il en résulte quelquefois des dissonances tombant sur
le temps faible, ou un intervalle de Quarte.

4°. Qu'après la seconde moitié de la syncope qui forme dissonance, il est permis de changer l'harmonie au
moment de la résolution de cette dissonance; d'où il suit que les parties qui font entre elles note contre note peuvent être pendant une mesure en Contre-point de seconde espèce (deux notes contre une.)

EXEMPLES.
à TROIS PARTIES.

Chant donné.   À QUATRE PARTIES.

Pour rendre le Contre-point plus varié et plus intéressant, on est libre de combiner la présente espèce soit avec l'espèce précédente, soit avec la deuxième espèce, soit avec l'une et l'autre à la fois.

Chant donné.   EXEMPLE.

CHAPITRE SEPTIÈME.
CINQUIÈME ESPÈCE DE CONTRE-POINT SIMPLE.

Cette dernière espèce se composant des précédentes n'a donc aucunes règles qui lui soient propres, mais elle comporte de légères modifications et donne lieu à des considérations nouvelles. Ainsi, il faut d'abord créer un Chant régulier, naturel et d'un intérêt mélodique plus prononcé et plus soutenu que dans les autres Contre-points. Il faut ensuite combiner avec goût les différentes espèces, donner de l'élégance au style par la marche libre et dégagée des parties entr'elles, par la distinction et la variété des formes, qu'on obtient grâce à l'heureux mélange des figures de notes qui s'y trouvent employées.

Ce genre de composition résumant les difficultés des espèces précédentes exige par conséquent la connaissance de tout ce qui concerne chacune d'elles en particulier. Les autres Contre-points n'ont ni l'utilité ni l'importance de celui-ci, et si l'on doit encore y recourir, ce n'est qu'en guise d'études préparatoires au Contre-point fleuri et au Contre-point double. Quant au Contre-point fleuri, il s'emploie dans toute sorte de composition, et il offre de nombreuses ressources.

Dans cette espèce il est souvent fait usage de la syncope et du point. Les syncopes peuvent se résoudre en passant par une note intermédiaire comme suit, et lors même qu'elles formeraient dissonance. On les exprime quelquefois par le point au lieu de la liaison.

(G. 98.)

Autrefois le Contre-point fleuri employé dans le style sévère devait observer certaines formes prescrites, afin qu'il conservât un caractère de gravité. En conséquence on s'y interdisait les valeurs brèves en trop grand nombre, et même on n'écrivait pas plus de deux croches à la fois, encore fallait-il les placer sur le temps faible. D'après cela les exemples 1. 2. ne seraient point admissibles, et ils ne pourraient l'être que sous les conditions des exemples 3. 4.

Avant de passer aux exemples nous ferons remarquer qu'il convient le plus ordinairement de ne placer que des notes consonnantes sur les temps forts de la mesure, à moins que les dissonnantes ne soient liées aux notes qui les précèdent et par ce moyen préparées, ou bien encore qu'elles ne soient des notes de passage employées régulièrement.

Nous n'avons point d'observation à faire sur la manière d'écrire ce Contre-point à trois et à quatre parties, si ce n'est qu'on peut l'employer n'importe à quelle place dans l'harmonie, dans une seule ou dans plusieurs parties à la fois, ou enfin combiné régulièrement avec une des espèces précédentes.

À QUATRE PARTIES.

CHAPITRE HUITIÈME.
DU CONTRE-POINT SIMPLE.
À 5, 6, 7, 8 parties réelles et plus.

Le Contre-point simple à plus de quatre parties s'emploie très-rarement de nos jours. C'est encore une de ces anciennes formes scolastiques qui présentent plus de difficultés que d'intérêt. On sent qu'il faut beaucoup de pratique et d'adresse pour assembler et faire marcher à la fois d'une manière correcte et en aussi grand nombre, des parties qui ont chacune leur progression individuelle, leur mouvement particulier. Il est vrai que les règles se relâchent de leur sévérité à mesure que le nombre des parties s'accroît; mais d'autre part la composition devenant plus difficile à traiter, il s'ensuit que le contraire ne paraît pas moins rigoureuse.

Si les théoriciens les plus sévères permettent ici les quintes et les octaves cachées, les unissons, les quintes réelles par mouvement contraire dans les parties du milieu ou entre les parties externes, les octaves de cette na_ ture employées sous la même condition dans les parties de Basse, enfin le croisement des parties; s'ils permettent toutes ces choses, c'est qu'il leur a été démontré par leur propre expérience qu'elles sont presque toujours inévi_ tables.

Le Contre-point à 5, 6, 7 et 8 parties admet les cinq espèces qui précèdent; cependant on ne s'exerce habi-tuellement que sur celle de note contre note et sur le Contre-point fleuri, ou bien sur ces deux espèces à la fois, en les employant chacune dans un certain nombre de parties. Ordinairement les parties ne débutent pas toutes ensemble, il y en a quelques unes qui ne font d'abord que des silences. En ménageant ainsi les entrées on pro-duit plus d'effet.

Nous observerons encore que l'arrangement des parties a lieu de deux façons: l'une consiste à les faire suivre dans l'ordre qu'indique la nature et le diapason respectif des voix et des instruments (Voyez l'e-xemple A.); l'autre consiste à les partager en deux chœurs qui dialoguent d'abord l'un avec l'autre et se réunissent ensuite. (Voyez l'exemple B.)

Pour éviter de rendre notre traité trop volumineux, nous nous dispenserons de donner des modèles de Contre-point simple à 5, 6, 7, 8, et plus de huit parties, et nous renvoyons les personnes curieuses de con-naître à fond ce genre de travail aux ouvrages des anciens maîtres tels que Palestrina, Orazio – Benevoli, Sarti, Perti, Fux, Marpurg, etc.

DU CONTRE-POINT DOUBLE.
CHAPITRE PREMIER.

Lorsque les parties d'un morceau de musique sont combinées de telle sorte qu'elles puissent se ren-verser, c'est à dire passer du grave à l'aigu ou de l'aigu au grave, sans qu'il résulte de ce changement dans leur position respective une infraction quelconque aux règles de l'harmonie, cela est alors un CONTRE-POINT DOUBLE. Cette propriété du renversement est donc à dire vrai ce qui distingue le Contre-point double du Contre-point simple.

D'après les différents renversements applicables au Contre-point double qui, tout bien considéré, se ré-duisent à trois renversements principaux, il y a lieu d'admettre, comme étant les plus utiles et les plus usitées, les trois espèces suivantes de Contre-point double:

1°. Le Contre-point double à l'octave.

2°. Le Contre-point double à la dixième.

3°. Le Contre-point double à la douzième.

On nomme le premier Contre-point à l'octave, Contre-point à la 10°, Contre-point à la 12°.

On peut allier au Contre-point double les différentes sortes de Contre-point simple, en ayant soin d'observer, outre ce qui a été prescrit plus haut à leur sujet 1°. que de toutes les espèces de Contre-point simple, c'est le Contre-point fleuri qui mérite la préférence, parce qu'il comporte le mélange des valeurs et la plus grande variété des figures de notes; 2°. que les parties renversables doivent plutôt entrer après un silence que simultanément avec le Chant donné; 3°. qu'elles ne peuvent dépasser sans inconvénient une certaine étendue; 4°. qu'on ne doit point les croiser inconsidérément; 5°. qu'il faut modifier la qualité des intervalles en pratiquant le renversement lorsque les modulations y obligent, excepté toutefois dans le Contre-point à l'octave.

CHAPITRE DEUXIÈME.

DU CONTRE-POINT DOUBLE A L'OCTAVE.

On obtient ce Contre-point en transportant la partie supérieure à l'octave au dessous, ou la partie inférieure à l'octave au dessus. Dans cette opération il y a ordinairement une partie qui ne se déplace point.

Comme le procédé de la formation du Contre-point à l'octave repose essentiellement sur le renversement naturel des intervalles, il faut nécessairement être bien fixé sur les résultats de cette mutation.

A cet effet on peut consulter le tableau ci dessous où sont indiqués sur trois portées, 1°. les intervalles avant d'être renversés, 2°. les mêmes intervalles après le renversement, et voici dans quel ordre:

Portée I. Intervalles avant le renversement.

Portée II. Intervalles provenant du renversement du membre inférieur des intervalles de la portée I.

Portée III. Intervalles provenant du renversement du membre supérieur des intervalles de la portée I.

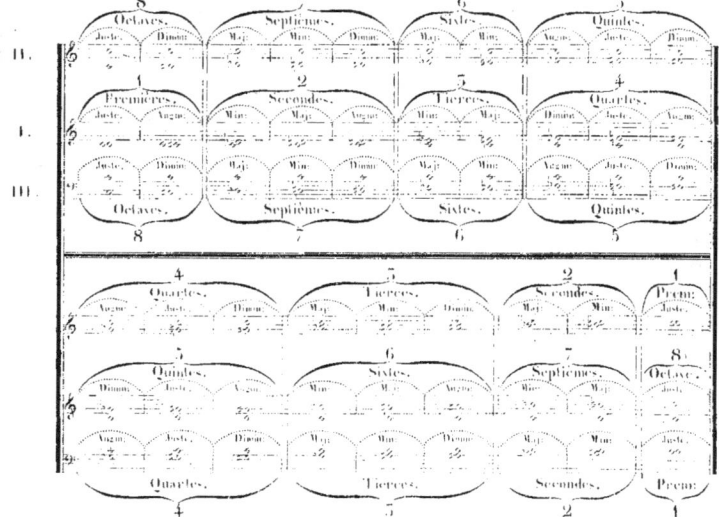

N. B. Pour ne point altérer le premier degré qui est partie intégrante des accords, on n'a pu sur la portée II il a fallu omettre la Tierce et la 6° comme dans les notes d'un Tableau ci dessus. Mais ces intervalles se sont reproduits comme objets places pour le renversement de la sixte et de la seconde sur les portées II et III.

Il est maintenant clairement démontré que par suite du renversement la Première devient OCTAVE, la Seconde, SEPTIÈME, la Tierce, SIXTE, la Quarte, QUINTE et réciproquement la QUINTE, Quarte, la SIXTE, la Tierce etc.

On peut apprécier en un instant les conséquences de cette interversion si l'on jette les yeux sur les deux rangées de chiffres du tableau précédent qui sont prises l'une en sens rétrograde de l'autre, comme suit:

$$1 \quad 2 \quad 3 \quad 4 \quad 5 \quad 6 \quad 7 \quad 8$$
$$8 \quad 7 \quad 6 \quad 5 \quad 4 \quad 3 \quad 2 \quad 1$$

Les exemples ci-joints justifieront complètement l'exactitude de ce procédé.

A. Contre-point double à l'8.ᵉ obtenu par le renversement de la partie supérieure à l'octave au dessous. a.

B. Contre-point double à l'8.ᵉ obtenu par le renversement de la partie inférieure à l'octave au dessus. b.

Pour écrire correctement le Contre-point double à l'octave, il faut observer les règles suivantes:

1.º L'unisson et l'octave ne produisant pas assez d'harmonie ne doivent pas se rencontrer fréquemment. Néanmoins on peut les employer pour commencer ou pour finir, et même les admettre dans le cours d'une phrase, lorsqu'ils sont considérés comme Notes de passage, qu'ils servent à former une syncope ou encore lorsqu'on ajoute aux parties principales des parties secondaires ou d'accompagnement.

2.º A deux parties, la Quinte juste qui devient Quarte en se renversant, ne doit pas se donner sans préparation, à moins d'être traitée comme note de passage ou comme syncope. La Quarte juste est soumise aux mêmes prescriptions.

A. Renversement. B. Renversement. C. Renversement. D.

Renversement. E. Renversement. F. Renversement.

3.º On conçoit que des Quartes consécutives sont impraticables, puisqu'elles donnent des suites de Quintes en se renversant.

4.º On ne saurait commencer le Contre-point par une Quinte, lors même que l'un des membres de l'intervalle serait soutenu dans une partie et que l'autre ne se ferait entendre qu'en second, c'est à dire après une pause, car il suivrait de l'une Quarte au début du Contre-point, pour le renversement.

5.º Dans le Style sévère les dissonances qui ne sont point NOTES DE PASSAGE doivent être préparées. Cependant aujourd'hui les intervalles de Quinte diminuée et de Quarte augmentée appartenant à l'harmonie de 7.ᵐᵉ dominante sont quelquefois exceptés de la règle, ainsi que la remarque en a été faite au sujet du Contre-point simple.

6.º Dans la création d'un Contre-point double, si l'on faisait croiser les parties on ne pourrait obtenir au renversement effectif, et si l'on franchissait les bornes de l'octave, le croisement à éviter ayant lieu lors du déplacement des parties, il s'en suivrait que les intervalles surpassant l'octave échapperaient à l'action du renversement, c'est à dire que la Tierce ne cesserait point d'être Tierce, la Quarte d'être Quarte, la Quinte d'être Quinte, etc.

Mais lorsqu'on écrit pour des voix de différente nature, ou pour des instruments dont l'étendue embrasse plus d'une quinzième, le cercle que l'on doit parcourir peut s'étendre jusqu'aux limites de la double octave. Alors, il y a possibilité de rectifier des passages tels que le précédent, et pour cela, il faut transporter la partie qui surpasse l'octave à la double octave, ou bien si cela se peut, élever d'une octave celle qui ne se renverse pas. L'exemple qui suit va éclaircir cette explication.

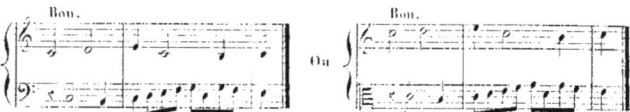

7° La Neuvième, n'étant pas, comme telle, susceptible de renversement, il convient de toujours la traiter comme SECONDE. On ne l'emploiera donc pas de la manière suivante :

EXEMPLES DE CONTRE-POINT DOUBLE À L'OCTAVE.

N. B. (1) À DEUX PARTIES. Renversement.

N. B. (1) Nous croyons être utile à ceux de nos lecteurs qui désireraient s'exercer dans l'étude du Contrepoint double, en leur faisant connaître le moyen le plus sûr et le plus facile de trouver une seconde partie au CHANT DONNE. Il faut d'abord préparer trois portées, placer ensuite le Chant donné sur la portée supérieure, et le transcrire de nouveau sur la portée inférieure à une distance d'octave ou de double octave, suivant le besoin. La portée intermédiaire, restée vide, recevra le nouveau Chant. Tout étant disposé de la sorte, en créant la seconde partie, non seulement on observera les règles données sur la formation du Contrepoint double, mais encore on aura soin de regarder alternativement et la portée supérieure et la portée inférieure, en évitant surtout d'en croiser les notes. Si l'on compare le Chant ajouté avec la portée placée au-dessus, on peut apprécier les proportions des intervalles avant le renversement; et si on le compare avec celle qui est au-dessous, ceux qui résultent du renversement.

Une semblable confrontation faite très attentivement, est une garantie contre toute incorrection.

Portée supérieure.
CHANT DONNE.

Portée intermédiaire pour le
CHANT À CRÉER.

Portée inférieure
CHANT DONNE
transcrit à l'octave
ou dessous.

Portée supérieure.
CHANT DONNE.

Portée intermédiaire pour le
CHANT À CRÉER.

Portée inférieure.
CHANT DONNE
transcrit à la double
octave au-dessous.

Il est aussi possible de donner plusieurs Chants pour une partie donnée. Mais comme un seul suffit dans un tout, nous avons échappé par ce qui précède, comme le plus convenable et le mieux réussi, le tout n'ayant qu'à être bien appliqué à l'exemple qui précède de...

(C. 98.)

On peut ajouter au Contre-point double des parties de remplissage qui complètent plus ou moins l'harmonie. Cette combinaison offre de grandes ressources au compositeur habile qui sait en profiter. Il est bon de dire qu'une partie de remplissage peut être non seulement partie intermédiaire, mais encore partie de basse ou partie supérieure.

À TROIS PARTIES.
Avec une partie de remplissage.

À QUATRE PARTIES.
Avec deux parties de remplissage.

N°. 98.

26

Contre-point.

Parties de remplissage.

Chant donné.

Si l'on s'astreint en écrivant les deux parties principales du Contre-point double 1º à n'employer que le mouvement contraire ou l'oblique 2º à n'admettre d'autres intervalles que les intervalles consonnants d'Unisson, de Tierce, de Sixte et d'Octave; à éviter deux tierces ou deux sixtes consécutives, et toute dissonance qui ne serait pas note de passage; on peut obtenir sous ces diverses conditions, avec les deux parties primitives, trois et quatre parties, et pour cela il suffit d'ajouter à chacune d'elles des Tierces supérieures. Le Contre-point à l'octave étant combiné de la sorte, on est parfois obligé d'opérer les renversements à la double octave, ou d'éloigner l'une des parties principales d'une octave supérieure ou d'une octave inférieure, comme cela se voit dans les exemples ci-joints.

À DEUX PARTIES.

Partie principale.

Partie principale.

etc.

Renversement.

etc.

À TROIS PARTIES.

Avec une partie doublant à la Tierce au dessus l'une des parties principales.

Tierces ajoutées.

Partie principale.

Partie principale.

etc.

Renversement.

etc.

(C. 98.)

Avec deux parties doublant à la Tierce au dessus les parties principales.

L'exemple précédent peut encore changer plusieurs fois d'aspect, selon toutes les chances possibles de renversement. Il convient d'observer à ce sujet que des diverses combinaisons dont le Contre-point avec des Tierces ajoutées est susceptible, il y en a une qu'il faut s'interdire de peur d'incorrection; cette combinaison est celle où la série de Tierces doublant la partie supérieure du modèle, se trouve portée à la basse. En général on prend toujours pour basse une des parties principales; mais les parties supérieures peuvent se renverser entre elles de plusieurs manières, comme nous le démontrons ci-dessous :

Le Contre-point double à l'octave avec des Tierces ajoutées est fort peu d'usage maintenant. Il faut convenir aussi qu'il offre infiniment moins de ressources et d'intérêt sous le double rapport de la variété et du contraste que le Contre-point auquel on ajoute des parties de remplissage ayant chacune un caractère distinctif, un dessin particulier. De plus, cette superposition de Tierces entraîne des inconvénients. Ainsi, dans un Contre-point de cette espèce, la note sensible qu'on est obligé de doubler, ne peut toujours se résoudre régulièrement, ce qui a lieu aussi pour les dissonances; en somme les parties n'ont pas toutes une progression naturelle, facile et chantante. Telles sont les raisons pour lesquelles nous sommes d'avis que le Contre-point avec des parties de remplissage l'emporte de beaucoup sur le Contre-point avec des Tierces ajoutées.

CHAPITRE TROISIÈME.

DU CONTRE-POINT À LA DIXIÈME.

Le Contre-point double à la dixième est le résultat d'une combinaison par laquelle on peut renverser les parties l'une contre l'autre à la distance d'une dixième inférieure ou d'une dixième supérieure, c'est à dire dix degrés plus bas ou dix degrés plus haut.

Ainsi qu'il est démontré par l'exemple suivant, la succession des intervalles n'offre pas la même proportion dans les deux chances de renversement, c'est à dire suivant que ce dernier se montre à la partie supérieure ou à la partie inférieure.

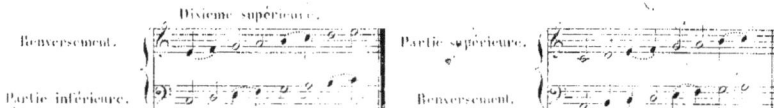

D'après cela on conçoit qu'une partie en se renversant doit nécessairement subir parfois de légères altérations.

La corrélation mutuelle des intervalles renversés et non renversés s'exprime encore par deux rangées de chiffres:

$$1.\ 2.\ 3.\ 4.\ 5.\ 6.\ 7.\ 8.\ 9.\ 10.$$
$$10.\ 9.\ 8.\ 7.\ 6.\ 5.\ 4.\ 3.\ 2.\ 1.$$

Ce qui revient à savoir que la Première ou Unisson se change en Dixième, la Seconde en Neuvième, la Tierce en Octave, ainsi de suite et réciproquement. Mais cette première indication ne donne point une idée du changement qui s'opère dans la qualité des intervalles selon que le renversement est effectué à l'aigu par la partie inférieure ou au grave par la partie supérieure. Le tableau ci-après va nous fournir cette démonstration.

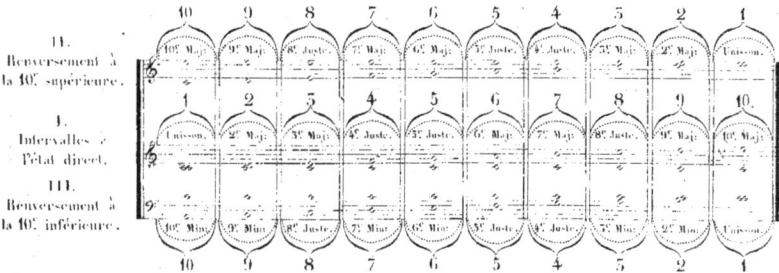

Dans le Tableau ci-dessus on a dû remarquer que le premier degré, UT, reste constamment partie inférieure des intervalles non renversés de la portée I, et que la Tierce majeure, la Sixte majeure, la Septième majeure et la Dixième majeure sont les seuls intervalles qui de toute manière donnent le même résultat, car tous les autres en donnent un différent. Ainsi la Tierce devient Octave, la Sixte, Quinte juste, la Septième Quarte juste etc. Mais si l'on considérait le second degré, RÉ, comme partie inférieure des intervalles de

La Portée 1, par exemple comme tonique de la Sixte majeure, le renversement de celle-ci opéré par la transposition de la partie inférieure à la 10ᵐᵉ supérieure, produirait une Quinte diminuée, et ce renversement opéré par la transposition de la partie supérieure à la 10ᵐᵉ inférieure produirait une Quinte juste ou parfaite.

EXEMPLE.

5ᵗᵉ Diminuée.

II.

6ᵗᵉ Majeure.

I.

III.

5ᵗᵉ Juste.

De plus, si l'on faisait usage des signes d'altération, non seulement la diversité s'introduirait de nouveau dans les proportions des intervalles, mais il en résulterait même des intervalles inadmissibles; tels sont ceux qu'on a pris soin de désigner d'une manière particulière dans le tableau ci dessous.

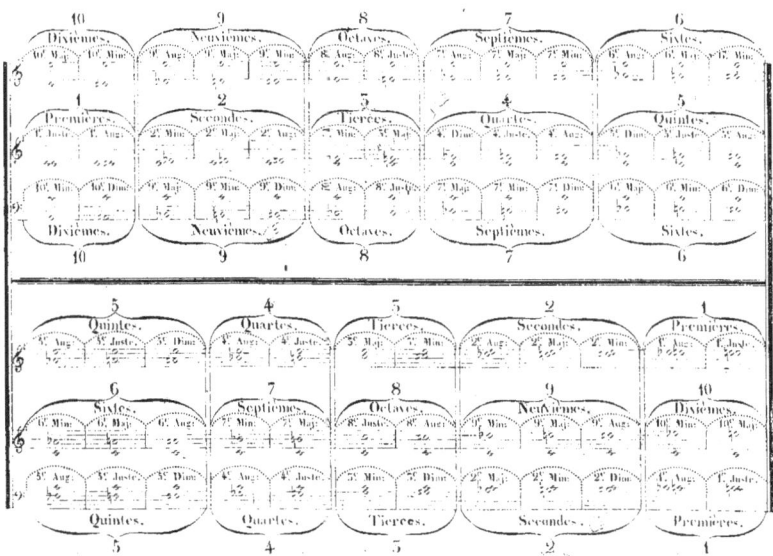

On peut se convaincre par l'inspection du dernier tableau qu'il est assez difficile de donner un enseignement complet sur la manière d'écrire le Contre-point double à la 10ᵐᵉ. Voici néanmoins les principales règles auxquelles on doit se conformer:

1°. Il faut éviter de faire deux Tierces (1) ou deux Sixtes (2) de suite par mouvement semblable, le renversement de ces intervalles produisant des Octaves et des Quintes consécutives.

2°. La Quarte et la Septième ne sont admissibles que comme notes de passage, à moins qu'on les emploie comme sons harmoniques, ou qu'on ajoute une partie secondaire aux parties principales, et qu'on ne résolve la Quarte en Quinte ou en Sixte, et la Septième en Quinte. (Voyez Ex: 4, 5, 6.) (3)

(1) Cependant l'emploi des Tierces ou des Dixièmes parallèles dans le Contre-point à la 10° est justifiable, lorsqu'elles ont eu une suite d'octaves ou d'unissons qui ont pour but de doubler et de faire ressortir un dessin mélodique.

EXEMPLE.

Tierces. Renversement. Dixièmes. Renversement.

On peut aussi faire l'inverse en pareille circonstance, c'est à dire donner primitivement la figure mélodique en la renforçant au moyen des Octaves ou des Unissons, pour la répéter ensuite en Tierces ou en Dixièmes.

EXEMPLE.

Renversement. Dixièmes. Renversement. Tierces.

De telles phrases, à la rigueur, ne sauraient être rapportées à meilleur droit au Contre-point à la 10° qu'une phrase en unisson transformée en Octaves par le renversement ne saurait l'être au Contre-point à l'Octave.

EXEMPLE.

Ce sous le rapport de l'harmonie on n'y remarque même pas la différence qu'offrent les passages en dixièmes donnés plus haut, différence qui ressort encore moins dans celui-ci.

EXEMPLE.

Mais quelque opinion qu'on doive se former de la phrase précédente, il n'est pas moins vrai et on définitive, qu'une phrase de cette nature employée à dessein vigoureux de l'unité.

(2) Deux Sixtes consécutives sont autorisées, quand la première est une Sixte mineure et la seconde une Sixte majeure, car il en résulte pour le renversement une Quinte juste suivie d'une Quinte diminuée.

EXEMPLE. On.

Renversement. Renversement.

Une suite de Sixtes est également applicable au Contre-point à la 10° lorsqu'elle se pratique comme il est démontré à l'exemple 2.

Mauvais. Bon.

Renversement.

(3) Grâce à l'adjonction d'une partie secondaire deux quartes et deux septièmes peuvent se succéder quand elles sont d'espèce différentes, c'est à dire lorsqu'une quarte juste est suivie d'une quarte augmentée ou qu'une septième mineure est suivie d'une septième diminuée.

EXEMPLE.

En ce Contre-point à la dixième (de même que dans celui à l'octave) on peut écrire librement une progression chromatique de 7° diminuées et de 4° augmentées (de 4° augmentées et de 5° diminuées), laquelle donne en se renversant la progression opposée.

EXEMPLE.

Renversement.

3°. On doit s'interdire des retards de Tierce par la Quarte, aussi bien que des retards de Tierce par la Seconde, car il en résulterait de mauvaises successions au renversement. Ex:

4°. La 9° fait sa résolution sur l'Octave quand la basse ne change point, et sur la Quinte quand la basse fait un saut de Quarte.

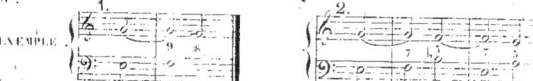

5°. Le mouvement contraire et l'oblique sont les plus favorables au Contre-point à la 10°.

6°. Les parties ne doivent pas dépasser les limites de la dixième, si le renversement de l'une d'elles ne se fait que dix degrés plus haut ou plus bas, et que l'autre partie demeure en place.

EXEMPLES DE CONTRE-POINT DOUBLE À LA 10°.
À DEUX PARTIES.

N.B. Le procédé auquel on a recours pour ajouter une 2° partie au Chant donné est à peu près le même ici que dans le Contre-point à l'Octave. Le Chant, dans le Contre-point à la 10°, l'on se sert également des trois portées. Le Chant donné se met sur la portée inférieure, pour être transposé ensuite dix degrés plus haut sur la 3° portée au-dessus. Cela fait, l'on compare celle du milieu avec les deux autres portées à fur et à mesure qu'on y place le nouveau Chant.

Portée supérieure.
Chant donné,
Transposé à la 10° supérieure.

Portée qui doit recevoir le 2° Chant à créer.

Portée inférieure.
Chant donné.

Le Chant ci-dessous pourrait devenir seconde partie dans l'exemple précédent.

Chant créé.

Il est une autre manière de chercher une seconde partie à un Chant donné; elle consiste à un noter celui-ci en premier sur la portée intermédiaire, puis à écrire en dessous un second Chant qui puisse être en même temps accompagné de dixièmes supérieures, lesquelles occuperont la portée en dessus. Cette portée présentera donc le renversement à la 10°. Il est entendu que les notes des portées extrêmes ne doivent point croiser celles de la portée du milieu.

Portée supérieure.
Renversement à la 10° supérieure du Chant ajouté.

Portée intermédiaire.
Chant donné.

Portée inférieure.
Chant ajouté.

Remarque (1)

Lorsqu'on évite les dissonances, qu'on procède toujours par mouvement contraire, et qu'on n'emploie point la Quinte à moins de la préparer, le Contre-point double à la Dixième, comme celui à l'Octave, peut s'écrire à trois et à quatre parties au moyen de Tierces et de Dixièmes doublant les parties principales.

Le Trio suivant se forme des deux parties principales du Contre-point et d'une partie ajoutée. C'est du renversement à la 10.° inférieure du Dessus qu'on a obtenu cette troisième partie.

À TROIS PARTIES.

Renversement à la 10.° inf.

Un Trio disposé en premier lieu comme le précédent est susceptible de plusieurs autres arrangements. Ainsi, en supprimant la Basse (le renversement à la 10.me inf.) on peut exécuter simultanément avec les deux parties qui restent une troisième partie à la Dixième supérieure de la plus grave, ou bien en supprimant le Dessus (la partie A) ajouter aux deux parties qui restent une partie à la 10.me inférieure de la plus élevée. Outre ces combinaisons, il y a encore différentes manières de modifier l'aspect d'un Trio.

Voici maintenant d'autres exemples à trois et à quatre parties.

À QUATRE PARTIES.

Tierces.

Partie principale.

Tierces.

Partie principale.

(1) Remarque: Le Contre-point à la 10.° est parfois convertible en Contre-point à l'Octave, et cela, lorsqu'on évite la Quinte non préparée et la progression 9-8, c'est à dire deux notes retardées par l'Neuvième.

Par la même raison un Contre-point à l'Octave peut se convertir en Contre-point à la 10.°, si l'on n'a point employé deux Tierces consécutives, ni la ... à la 7.° (5.°) retardée par la 6.° ni la 2.° 7.° (5.°) retardée par la 9.° Comme on ajoute presque toujours des parties de remplissage à ces sortes de Contre-point, et le point de nouvelles d'intervalles dont on peut être assuré l'impossibilité d'obtenir avec cela une harmonie complète.

La phrase suivante ne peut s'employer à deux parties seules; il faut la traiter en Trio ou en Quatuor. Nous avons donné séparément les parties principales et le renversement, pour faciliter l'intelligence des exemples qui viennent ensuite.

Nous ne terminerons pas le présent chapitre sans faire observer qu'il vaut mieux appliquer le Contre-point dont il traite aux compositions à plus de deux parties, parcequ'alors l'espace que laisse ordinairement un Contre-point de cette espèce se trouve avantageusement rempli au moyen de parties intermédiaires.

CHAPITRE QUATRIÈME.

DU CONTRE-POINT DOUBLE À LA DOUZIÈME.

On obtient le Contre-point à la Douzième en renversant les parties l'une contre l'autre douze degrés plus haut ou douze degrés plus bas, c'est à dire à la douzième supérieure ou à la douzième inférieure. Il résulte de cette transposition que la Douzième se change en Première (ou Unisson), la Onzième en Seconde, la Dixième en Tierce, la Neuvième en Quarte, l'Octave en Quinte, etc: ce qui est clairement démontré par la confrontation des deux rangées de chiffres que voici:

$$1. \ 2. \ 3. \ 4. \ 5. \ 6. \ 7. \ 8. \ 9. \ 10. \ 11. \ 12.$$
$$12. \ 11. \ 10. \ 9. \ 8. \ 7. \ 6. \ 5. \ 4. \ 3. \ 2. \ 1.$$

Le Contre-point à la 12ᵉ a cela de commun avec celui à la 10ᵉ que ses deux renversements offrent une certaine irrégularité dans la succession respective de leurs intervalles, différence qui n'est cependant pas aussi essentielle que dans le Contre-point précédent. Mais pour les rendre conformes, il suffit de changer la note d'un seul degré. Ce degré est le 7ᵉ dans le renversement à la 12ᵉ supérieure, ou le 4ᵉ dans le renversement à la 12ᵉ inférieure.

Renversement à la 12ᵐᵉ supér:

EXEMPLE.

Renversement à la 12ᵐᵉ inför:

La note de ce degré pourrait aussi, suivant le besoin, s'employer comme note de passage, à moins que la partie à transposer ne fût le chant donné; car alors, au lieu de pouvoir être traitée à volonté comme note de passage, il faudrait qu'elle tînt son rang dans la succession mélodique du chant donné qui doit autant que possible être transporté intact dans le ton de la 12ᵉ inférieure ou supérieure. De là, naturellement, une modulation au premier degré de relation en montant ou en descendant, modulation qui doit être convenablement préparée. Dans le cas où l'on ne voudrait point moduler, il faudrait recourir à la transposition pour ramener dans le ton primitif le modèle du Contre-point qui, au renversement, aurait passé dans celui de la quinte inférieure ou supérieure.

Pour se rendre compte de l'effet du renversement à la 12ᵐᵉ sur la nature des divers intervalles, on fera bien de consulter les deux tableaux suivants.

PREMIER TABLEAU.

	12	11	10	9	8	7	6	5	4	3	2	1
II. Renversement à la 12ᵉ supérieure.	12ᵉ Juste.	11ᵉ Juste.	10ᵉ Min.	9ᵉ Maj.	8ᵉ Juste.	7ᵉ Min.	6ᵉ Min.	5ᵉ Juste.	4ᵉ Juste.	3ᵉ Maj.	2ᵉ Maj.	Unisson.
	1	2	3	4	5	6	7	8	9	10	11	12
I. Intervalles non renversés.	Unisson.	2ᵉ Maj.	3ᵉ Maj.	4ᵉ Juste.	5ᵉ Juste.	6ᵉ Maj.	7ᵉ Maj.	8ᵉ Juste.	9ᵉ Juste.	10ᵉ Maj.	11ᵉ Juste.	12ᵉ Juste.
III. Renversement à la 12ᵉ inférieure.	12ᵉ Juste.	11ᵉ Juste.	10ᵉ Min.	9ᵉ Maj.	8ᵉ Juste.	7ᵉ Min.	6ᵉ Min.	5ᵉ Juste.	4ᵉ Juste.	3ᵉ Min.	2ᵉ Min.	Unisson.
	12	11	10	9	8	7	6	5	4	3	2	1

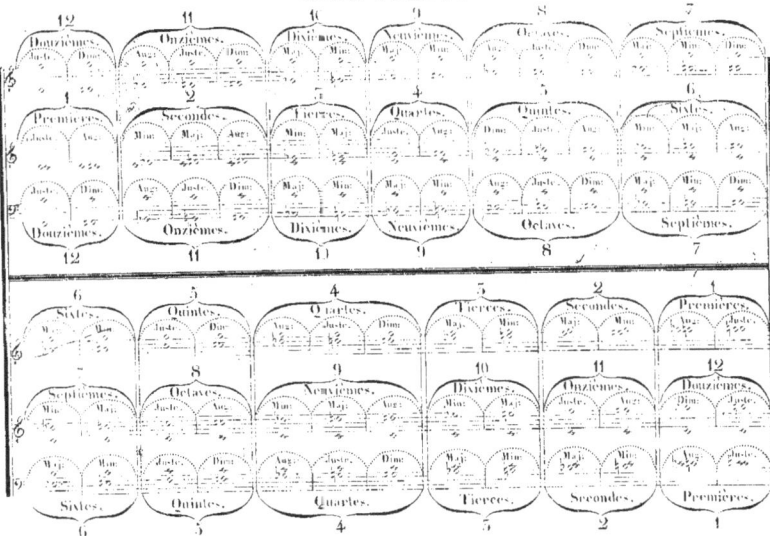

Voici maintenant les règles les plus importantes concernant le Contre-point double à la douzième.

1°. La Sixte devenant Septième, on doit la préparer à la partie inférieure lorsqu'elle n'est point note de passage, ensuite on fera descendre la basse d'un degré. Si la Sixte est majeure, comme elle donne alors une Septième mineure en se renversant, il y a des cas où elle peut s'employer librement. Mais il faut toujours observer la loi de préparation, si la Sixte est mineure, parcequ'il en résulte au renversement une septième majeure (1)

2°. Les Tierces et les Dixièmes sont les seuls intervalles qui puissent indifféremment s'employer de suite aussi bien par mouvement semblable que par la marche contraire et l'oblique.

3°. Le mouvement oblique est le plus favorable pour introduire la Quinte et l'Octave dans l'harmonie.

(1) Il peut arriver que deux Sixtes aient lieu successivement par mouvement semblable et quand elles produisent au renversement une Septième mineure résoute sur une Septième diminuée, ce qui donne la progression ci-contre.

(2) La Sixte augmentée et la Septième diminuée peuvent s'employer librement dans la marche suivante.

EXEMPLE.

4°. Lorsque la Neuvième provient du renversement de la Quarte retardant la Tierce, on doit la traiter comme Octave de la Seconde; la note de basse fait alors sa résolution en descendant d'un degré. (voyez ex: A et B.) Cependant cet intervalle peut aussi se pratiquer comme Neuvième de la manière indiquée à l'exemple C.

5°. La Seconde, la Quarte et la Onzième doivent se résoudre en Tierces ou en Dixièmes.

6°. On ne doit point excéder l'étendue de la Douzième supérieure ou inférieure.

EXEMPLE DE CONTRE-POINT DOUBLE A LA DOUZIÈME.

À DEUX PARTIES.   Renversement à la 12°. supér:

Renversement à la 12°. infér:

N. B. (1)

Conformément à ce qui a été dit plus haut pour les espèces précédentes, quand on a soin d'éviter toutes les dissonances qui ne sont pas notes de passage, et qu'on ne se sert pas du mouvement semblable, les deux parties principales du Contre-point à la 12°. peuvent aussi se doubler en Tierces ou en Dixièmes. Pour un Contre-point à trois parties, il n'est besoin que d'une partie ajoutée; pour un Contre-point à quatre parties, il faut en employer deux. L'exemple ci-après, à deux parties d'abord, est reproduit ensuite à trois et à quatre parties par l'emploi des Tierces.

N. B. (1) Pour écrire un Contre-point à la 12°. on peut se servir des trois ¿¿ ¿¿¿¿ dont nous avons déjà fait connaître l'usage à l'occasion des deux espèces précédentes. Le Chant donné ayant été placé sur la partie inférieure, puis transposé à la 12°. supérieure sur la partie la plus élevée, on ajoutera sur la seconde la partie qui manquait sans perdre de vue les deux parties extrêmes, afin de n'en point croiser les notes et d'éviter tout autre genre de faute.

Il est encore une autre manière de procéder pour trouver une seconde ¿¿¿¿¿ ¿¿ consiste à écrire le Chant donné sur la partie intermédiaire, en plaçant les deux autres à la partie que l'on cherchera et à son renversement. Il est inutile de rappeler qu'on doit comparer les deux parties supérieures l'une avec l'autre, l'une de Sixième et le Chant donné et la partie ¿¿¿¿ font ensemble leurs harmonies.

EXEMPLE.

Voici un second Chant applicable à l'exemple ci-contre.

Chant ajouté renversé à la 12°. supér.

Chant donné.

Chant donné.

Chant ajouté.

(48.)

À DEUX PARTIES.

RENVERSEMENTS.

À TROIS PARTIES.

Partie principale.

Tierces inférieures de la partie super:

Partie principale.

10.ᵉ infér: de la partie super:

Partie principale.

10.ᵉ supér: de la partie infér:

5.ᵗᵉˢ supér: de la partie infér:

Partie principale.

Partie principale.

Partie principale.

À QUATRE PARTIES.

Partie principale.

10.ᵉˢ supér: ajoutées.

10.ᵉˢ supér: de la basse.

Partie principale transposée.

10.ᵉˢ infér: de la partie aiguë.

Partie principale transposée.

Partie principale.

10.ᵉˢ infér: ajoutées.

Le Contre-point à la 12.ᵐᵉ combiné avec des Tierces est susceptible de nombreux arrangements. Mais il est inutile que nous nous y arrêtions d'avantage, les personnes qui désireraient étudier ce genre de composition sous ses différents aspects peuvent elles mêmes se donner aisément cette satisfaction; ce qu'elles ne feraient d'ailleurs que pour s'exercer, car le contre-point à la 12.ᵉ employé avec des Tierces et des dixièmes est fort peu d'usage aujourd'hui, la succession mélodique, aussi bien que celle des accords, y étant presque toujours ingrate, heurtée et bizarre. (1)

_____

(1) Il est des Contre-points qui souffrent le renversement à la douzième, aussi bien que ceux à la dixième et à l'octave. Naturellement les intervalles en sont très bornés. On n'y emploie comme bons harmoniques en fait de consonnances, que la tierce et l'octave, et en fait de dissonnances, la seconde.

(C. 98.)

PREMIER CHAPITRE SUPPLÉMENTAIRE.

Des prétendus Contre-points doubles à la Seconde, à la Tierce, à la Quarte, à la Quinte, à la Sixte, à la Septième, etc.

Nous avons dit en commençant qu'il y a trois principaux Contre-points doubles: le Contre-point double À L'OCTAVE, celui À LA DIXIÈME et celui À LA DOUZIÈME. De tous ces Contre-points le premier est le plus utile et le plus avantageux. Les deux autres rentrent déjà dans le domaine de la scolastique; toutefois il est de ceux où l'on peut en tirer un bon parti dans la pratique même de la composition, mais ces cas sont assez rares, et demandent de la part du compositeur beaucoup de tact, de jugement et de goût. Quoiqu'il en soit, au fait bien de ces études à fond, le temps donné à ce travail n'est pas du temps perdu et profite pour l'avenir. Quant aux renversements à la Seconde, à la Tierce, à la Quarte, à la Quinte etc., ils ne sont pour ainsi dire d'aucune utilité et s'emploient presque plus de nos jours. Cependant quelques Théoriciens modernes persistent à en faire l'objet d'un enseignement particulier; il nous semble pourtant que c'est un tort; n'est-il pas à craindre que ces traits desséchés de la science ne dégoûtent l'élève, et ne lui inspirent de l'aversion pour les difficultés de la théorie en général? D'après cela nous pourrions, sans doute, nous dispenser d'en parler; mais comme on aura peut-être la curiosité de les connaître, et que dans notre traité, rien ne doit être omis d'instructif et d'intéressant, nous consacrerons ce chapitre à l'exposé de ces variétés de Contre-point double.

Il a été suffisamment démontré dans les chapitres précédents que le Contre-point double consiste dans le renversement des parties principales. L'on a déjà plus indiqué les différentes manières de pratiquer cette opération pour les Contre-points à l'octave, à la dixième et à la douzième. Maintenant, supposé que l'on voulait accepter un Contre-point à la Seconde, ou à la 3ce, ou à la 4te, ou à la 5te etc. on s'aurait qu'à examiner les tables ci-dessous pour se rendre compte des ressources qu'il offrirait.

Par l'inspection des tables précédentes il est facile de voir que le Contre-point à la seconde, par exemple, serait borné à deux notes, puisque le chiffre indiqué par la dénomination du Contre-point ne doit pas être dépassé? De même le Contre-point à la Tierce n'aurait que trois notes, celui à la Quarte, quatre notes et ainsi des autres. En conséquence, que peut on vien faire qui vaille dans un espace si restreint? Voulez-créer un Contre-point sous de telles conditions, on se réduire pas véritablement de l'infantillage? Quelques Théoriciens, entre autres Marpurg, déploient dans plus grande étude en spécial à chacun des susdits Contre-points sous les distinguer entr'eux, ils emploient l'une ou l'autre de ces dénominations.

1°. Contre-point à la Neuvième ou à la Seconde. 4°. Contre-point à la Douzième ou à la Quinte.
2°. Contre-point à la Dixième ou à la Tierce. 5°. Contre-point à la Treizième ou à la Sixte.
3°. Contre-point à la Onzième ou à la Quarte. 6°. Contre-point à la Quatorzième ou à la Septième.

Ceci établi, ils distinguent leurs renversements, sur la manière de traiter chacun d'eux en particulier. Voici des tables figurant tous ces Contre-points à l'exception de ceux à l'octave, à la dixième et à la douzième que l'on connaît.

Par l'adjonction de l'octave ces Contre-points sont dénomeés ju dis-tables; mais voici ce qui donne lieu aux dénominations de Contre-point à la Seconde à la Tierce, à la 4te. Lorsqu'une partie au lieu d'être transposée à une dixième par exemple, comme cela se pratique dans le Contre-point à la Dixième, n'est transposée qu'à la distance d'une Tierce, tandis que l'autre se descend ou monte d'une octave, cette opération constitue ce qui est appelé par quelques-uns Contre-point à la Tierce. On remarquera aussi que si la partie qui monte ou descend d'une octave restait en place, il n'y aurait point de renversement, partant point de Contre-point double. À moins que les parties ne se fussent renfermées primitivement dans les limites de l'intervalle indiqué par la dénomination du Contre-point; c'est-à-dire à la condition de ne point se croiser, ce qui n'est pas d'une médiocre difficulté pour les prétendus Contre-points au dessous de l'étendue d'une Octave, ou à la rigueur, de la Sixte ou de la Septième. Le Contre-point à la Quinte n'est cependant pas tout à fait impraticable, et l'exemple suivant en est une preuve. Mais à quoi bon tenter des essais de ce genre pour obtenir de pareils résultats?

A.1. A.2. A.3. Renversement de la partie inférieure à la 5te au dessus.

[notation musicale]

Renversement de la partie supérieure à la 5te au dessous.

Pour que nos lecteurs aient une juste idée de toutes ces Contre-points, nous allons exposer les règles principales que donnent à leur sujet les Théoriciens qui croient devoir en admettre l'existence. Nous y joindrons des exemples au moyen desquels on pourra facilement se rendre compte de leur facture.

DU RENVERSEMENT À LA NEUVIÈME OU SECONDE.

1º. La Quarte est le seul intervalle qui puisse s'employer pour commencer, pour finir, et pour préparer les
intervalles dissonants ou ceux qui deviennent des dissonances au renversement, bien entendu, lorsque ces intervalles
ne sont point des notes de passage.

2º. On ne doit pas dépasser l'étendue d'une neuvième.

Exemple de Contre-point à la neuvième.

Renversement à la Neuvième.

Renversement à la Seconde.

3º. Le Renversement à la seconde de l'exemple ci-contre
s'effectue par la transposition de la partie inférieure au degré plus
haut, tandis que la partie supérieure est transportée une octave
plus bas. Si on laissait cette partie à la même place, on aurait seulement
on obtiendrait point de renversement, mais le Contre-point commun,
ce qui par une quarte qui serait contre la règle donnée plus haut.

4º. Pour employer ce Contre-point à trois et à quatre parties, on ajoute des parties de remplissage aux deux parties principales.
De l'aveu même des Théoriciens qui en font mention, le Contre-point à la 9ᵉ est de tous les Contre-points doubles le plus borné et le plus ingrat à traiter, c'est à
cela, et non comme on l'a prétendu quelque part à son extrême difficulté, qu'il faut principalement attribuer l'abandon où le laissent aujourd'hui les compositeurs.

DU RENVERSEMENT À LA ONZIÈME OU QUARTE.

1º. Ici la Sixte est l'intervalle qui s'emploie pour commencer, pour finir
et pour préparer les intervalles dissonants, comme aussi ceux qui au renversement,
produisent des dissonances, dans le cas où ces mêmes intervalles ne sont point
des notes de passage.

2º. L'intervalle de la onzième sert de borne à ce Contre-point

Exemple de Contre-point à la Onzième.

Renversement à la Onzième.

Renversement à la Quarte.

3º. Pour avoir le renversement à la onzième, on transpose l'une des parties à la distance d'une onzième, tandis que l'autre reste à sa place.

Pour avoir le renversement à la quarte, il faut transposer l'une des parties
d'une quarte, et faire monter ou descendre l'autre d'une octave.

DU RENVERSEMENT À LA TREIZIÈME OU SIXTE.

1º. La Sixte et l'Octave sont les principaux intervalles et s'emploient l'une ou l'autre pour commencer.

2º. La Sixte donnant l'Octave en se renversant, on
ne peut faire deux Sixtes de suite sous peine d'avoir
au renversement des octaves défendues.

3º. L'intervalle de Treizième sert de borne à
ce Contre-point.

Exemple de Contre-point à la Treizième ou Sixte.

Renversement à la Treizième.

4º. On se sert de la Sixte et de l'Octave pour préparer et pour résoudre
la Seconde, la Tierce, la Quinte, la Quarte et la Neuvième.

5º. Les Septièmes ne s'emploient que par passage seulement.

Exemple de Contre-point à la Sixte.

Renversement à la Sixte.   [Mineur à 2 parties]

Ce dernier exemple se couvoit se poser au renversement d'une
troisième partie à la Tierce au dessous de la partie de Basse,
les Quartes n'étant point parpaires de la manière présente...
à l'égard à la 6.ᵉ du dernier exemple à 3 parties.

6.ᵉ Le renversement à la Treizième s'obtient par la transposition de
l'une des parties principales à la distance d'une Treizième, contre de seconde
partie qui reste à la même place et celui à la Treizième par la transposition
de l'une des parties principales à la distance d'une Sixte. Dans ce cas l'autre partie monte ou descend d'une octave ...

DU RENVERSEMENT À LA QUATORZIÈME OU SEPTIÈME.

Exemple de Contre-point à la Quatorzième.

1.ᵉ La Tierce et la Quinte (treizième et douzième) servent
pour commencer, pour finir et pour préparer les dissonances,
ainsi que les intervalles consonnants qui se changent en intervalles dissonants au renversement.

2.ᵉ Deux Tierces ou deux Sixtes consécutives sont
impraticables, puisqu'elles donnent au renversement deux Quintes ou deux Douzièmes de suite.

3.ᵉ Ce Contre-point est limité à l'intervalle de Quatorzième.

4.ᵉ Lorsqu'on renverse l'une des parties principales à la
distance d'une Quatorzième sans déplacer l'autre partie, on a un
Contre-point à la Quatorzième mais lorsqu'on transpose cette
partie qu'à la distance d'une Septième, et qu'on fait monter ou
descendre l'autre d'une Octave, on a le Contre-point à la Septième.

Renversement à la Quatorzième.

Le Contre-point combiné de la même manière que le précédent peut s'adjoindre deux
parties dont l'une à la Tierce inférieure de la partie principale au dessous, et l'autre à la
Tierce supérieure de la partie principale au dessus.

Renversement à la Septième.

Les notions qui précèdent suffisent pour éclairer le lecteur sur ce qu'on doit faire de ces prétendus Contre-points...

CHAPITRE CINQUIÈME.

DU CONTRE-POINT TRIPLE.

Pour qu'un Contre-point ait cette qualité, il faut que les trois parties dont il se compose puissent se renverser
de telle sorte que chacune d'elles devienne alternativement partie de basse, partie intermédiaire ou partie supérieure sans que l'harmonie cesse d'être correcte.

Cette transposition qui s'opère à l'octave, fournit six combinaisons qui se peuvent figurer par des chiffres.

EXEMPLE.
fg. 98.

1. 1.	2. 2.	3. 3.
2. 3.	1. 3.	1. 2.
3. 2.	3. 1.	2. 1.

Puisque les parties sont soumises au renversement à l'octave les règles relatives à la formation du Contre-point triple sont les mêmes que celles du Contre-point double à l'octave. Ainsi on aura particulièrement égard à ce qui concerne la Quinte, la Neuvième et les Quartes consécutives. On sait que la première demande à être préparée et résolue, quand elle n'est pas note de passage; qu'on doit éviter la seconde, et qu'enfin, deux quartes de suite, donnant une mauvaise succession de quintes, ne sont pas tolérées.

Pour créer un bon Contre-point triple on choisit trois motifs bien distincts l'un de l'autre; il faut presque toujours les faire débuter successivement, ou du moins n'en faire débuter que deux à la fois, afin qu'on soit mieux à portée d'en saisir le caractère individuel, et que l'oreille puisse les percevoir distinctement dans l'ensemble; mais cela n'est cependant pas de rigueur. Il est permis de les laisser se croiser. Quand on a trouvé les trois motifs on les place tour à tour à la Basse, et l'on se rend compte des proportions harmoniques qui résultent de ces divers arrangements. Cette manière de procéder est, comme on le sait, indispensable pour la vérification du Contre-point. Comme on ne peut pas toujours obtenir une bonne terminaison en poursuivant la transposition des parties jusqu'à la fin du Contre-point, il est permis de choisir celle qu'on juge être préférable.

EXEMPLE DE CONTRE-POINT TRIPLE.

On peut ajouter au Contre-point triple une BASSE PERMANENTE. Cette partie garde toujours son rôle de Basse pendant que les trois autres subissent les diverses chances de renversement. Il est bon d'observer qu'on peut alors employer l'harmonie de Quarte ou Quinte dans les parties du Contre-point, et que l'harmonie de Neuvième est praticable entre une de ces dernières et la basse permanente. Mais les Quartes consécutives sont toujours à éviter. D'autres fois encore, on emploie une partie d'accompagnement qui peut être ou partie supérieure, ou partie intermédiaire, ou partie de basse.

Les conditions imposées pour la formation du Contre-point triple et le système de renversement sur lequel est établi ce dernier, ne permettent pas d'obtenir des Contre-points de la même espèce à la dixième ni à la douzième, car évidemment pour que ceux-ci fussent de véritables Contre-points triples, il faudrait que les trois parties pussent indifféremment se renverser tour à tour : la dixième ou à la douzième, soit à l'aigu, soit au grave, et s'accorder toujours entre elles de façon que l'ensemble harmonique fut constamment irréprochable; mais à cela il n'est en quelque sorte impossible de parvenir. (1) N. B.

_____

(1) N. B. Quelquefois en employant les dénominations de Contre-points triples à la dixième et à la douzième, on entend désigner trois parties différentes qui ont la propriété de se renverser toutes trois indistinctement à l'octave, mais dont une seule peut offrir entre son renversement à l'octave, un renversement à la 10me ou à la 12me qui, dans ce cas, se pratique à la place de celui à l'octave.

Renversement à l'octave.

Renversement à la 10e.

Renversement à la 12e.

C. 28.

CHAPITRE SIXIÈME.

DU CONTRE-POINT QUADRUPLE.

Un Contre-point Quadruple est celui qui renferme quatre parties susceptibles de se renverser les unes contre les autres à l'octave, et de figurer chacune à leur tour comme partie de Basse, comme partie intermédiaire et comme partie supérieure.

Le Contre-point quadruple offre vingt quatre chances de renversement, les voici représentées au moyen de chiffres

1 2 3 4	2 3 4 1	3 4 1 2	4 1 2 3
1 2 4 3	2 3 1 4	3 4 2 1	4 1 3 2
1 3 4 2	2 4 1 3	3 1 2 4	4 2 3 1
1 3 2 4	2 4 3 1	3 1 4 2	4 2 1 3
1 4 2 3	2 1 3 4	3 2 4 1	4 3 1 2
1 4 3 2	2 1 4 3	3 2 1 4	4 3 2 1

Puisque dans la présente espèce l'octave est l'intervalle assigné au renversement, en créant une composition de ce genre, il faut ainsi que pour le Contre-point Triple, observer fidèlement les règles du Contre-point double à l'octave. Il est inutile de rapporter ici ces règles, on doit se les rappeler. De plus, le doublement des intervalles demande une attention particulière. En général, comme on est obligé de supprimer la Quinte dans les accords, il faut en revanche doubler la Tierce ou la note fondamentale, ou parfois encore tripler cette dernière. Comme les parties d'un Contre-point Quadruple doivent être très variées, il faudra choisir quatre motifs saillants, ayant chacun leur physionomie particulière. En général, il est bon de ne point les employer tous les quatre ensemble dès le commencement, on fera bien aussi de les transporter l'un après l'autre à la basse, afin de reconnaître si de toute manière l'harmonie est pure et correcte. Les parties peuvent se croiser.

EXEMPLE DE CONTRE-POINT QUADRUPLE.

Ces sortes de combinaisons forment une classe particulière de Contre-points qu'on est généralement convenu d'appeler Contre-points Triples mixtes.

Il est un assez grand nombre de Théoriciens qui confondent avec le Contre-point Triple le Contre-point Double amplement ou sous une partie à la Basse des unes et l'autre en haute des parties principales ou toutes les deux en même temps. Mais il est certain que ce n'est proprement là qu'un Contre-point double véritable, et non un véritable Contre-point Triple dont le caractère principal est le retour des mêmes sujets reproduisant au sein d'un Contre-point Triple se renouvelle pour créer les Contre-points Triples mettes à la deuxième et la deuxième; mais alors on observera qu'il faut le varier, c'est à dire d'une seule partie au dessus à elle propre de telle sorte que ni les unes ni les autres ne se doublent plus servilement et qu'on ne s'aperçoive pas que l'on est basse sur une simple progression de Tierces.

Les chiffres supérieurs marquent les renversements principaux, ou chaque partie se trouve être tour à tour la première, la seconde, la troisième et la quatrième; les autres chiffres indiquent les renversements en sous ordre.

Ici, de même que dans le Contre-point Triple, l'emploi d'une partie accessoire ou de remplissage permet de restituer aux accords ceux de leurs intervalles dont l'omission était nécessaire; mais il donne lieu à quelques inconvénients quand cette partie se trouve à la basse; en effet, on parvient difficilement alors à éviter des successions de quintes et d'octaves cachées.

Il est raisonnable de s'en tenir au Contre-point Quadruple. A la vérité on pourrait obtenir des Contre-points Quintuples et Sextuples en doublant les intervalles, mais un pareil travail, loin d'offrir un résultat qui put dédommager des efforts qu'il aurait coûté, serait non moins inutile que fastidieux. N. B. (1)

(1) N. B. Ainsi que pour le Contre-point Triple, il y a lieu de distinguer un Contre-point Quadruple à la dixième et un autre à la douzième, quand l'une des quatre parties peut se renverser à l'un ou l'autre des susdits intervalles. Exemple:

Renversement à la 10e

Renversement à la 12e

Les Théorèmes qui forment des Contre-points Triples, à l'octave, à la dixième et à la douzième par l'adjonction de parties à la tierce supérieure ou inférieure des parties principales du Contre-point double, notamment aussi de la même manière un Contre-point Quadruple qui, d'après la nature de l'intervalle assigné au renversement, s'approprie une de ces trois dénominations. Mais alors les observations que nous avons faites pour le Contre-point triple relativement à un cas semblable, s'appliquent également au Contre-point Quadruple, et comme les deux parties principales, dans pareille combinaison, offrent seules de l'intérêt, puisque les parties en Tierces n'en sont en quelque sorte qu'une transposition, il est nécessaire de les varier toutes les quatre afin qu'elles se distinguent les unes des autres par la diversité des figures et du dessin.

On construit assez facilement un Contre-point Quadruple en prenant d'abord une harmonie simple en accords plaqués où les parties ne font entre elles que des intervalles de Tierce, de Sixte, d'Octave, de Quinte diminuée ou de Quarte augmentée. Ces parties se varient ensuite de diverses manières pour produire quatre motifs distincts.

EXEMPLE.

A. ... B. l'exemple A figuré. C. l'exemple B entièrement varié.

SECOND CHAPITRE SUPPLÉMENTAIRE.

DU CONTRE-POINT POLYMORPHIQUE.

Les réflexions qui nous ont été suggérées au Chapitre des prétendus Contre-points doublés à la 2de à la 5te à la 4te etc serviront également de moyen pour se reconnaître de plus en plus que cette inconcevable prétention à la science dont les anciens ont donné maintes preuves, avant eux les esprits dans une base si sûre, les spéculations théoriques ne pouvaient qu'aboutir aux excès les plus ridicules. Qu'est-ce en effet que ces combinaisons pour de seules arithmétiques, que ces notes placées symétriquement à côté les unes des autres comme les diverses pièces d'un jeu d'Échecs ou d'échiquier, ont-elles en vue de produire soit de l'harmonie, soit de la mélodie? Qu'est-ce donc qu'un travail dont il ne faut attendre ni résultats utiles, ni agrément véritable, qui ne mène à rien et dont tout l'intérêt se borne à la satisfaction d'une vaine curiosité, d'un vil amour-propre? Objectera-t-on que ce n'est pas là un travail, mais un passe-temps? Qu'est-ce alors qu'un passe-temps qui exige tant de soins, d'aptitude et de recherches, qui fatigue, mais qui n'a du Septième ni une Inspiration. Ce n'est point ainsi que les artistes éclairés doivent comprendre l'application et le but de leur art.

Le Contre-point Polymorphique [1] appelé de ce nom parce qu'il a la propriété de se présenter sous une infinité d'aspects divers, doit être rangé dans la catégorie de ces futilités scientifiques (si l'on peut accoupler deux mots de rapports si différents). Aussi en parlerons-nous le plus brièvement possible, nous nous espérons toutefois que cela suffira pour démontrer au lecteur la difficulté des bien en bon parti d'élémentaire sans que raisonnable.

Sous la dénomination générale de Contre-point polymorphique on peut comprendre les Contre-points par mouvement contraire, par mouvement rétrograde, par mouvement rétrograde et contraire etc.

De toutes ces combinaisons, la plus intéressante encore et la moins inutile, est le Contre-point par mouvement contraire où chaque partie, en se renversant, doit s'imiter par mouvement contraire. Inutile de dire qu'un pareil artifice exige pour condition première une harmonie correcte; il faut donc combiner le Contre-point de façon qu'il puisse être lu de gauche à droite et le livre ayant été renversé, de droite à gauche sans qu'on y découvre jamais la moindre faute.

Voici des exemples qui suppléeront à de plus amples éclaircissements.

À DEUX PARTIES.

Renversement de la partie inférieure.

Renversement de la partie supérieure.

À TROIS PARTIES.

Renversement.

On aurait complété ce Contre-point à quatre parties, et on l'a même traité en Contre-point quadruple. Nous nous dispenserons de donner ici les règles qui le concernent; de nos jours ces notions seraient presque superflues dans une grande théorie, à plus forte raison le seraient-elles dans une théorie abrégée. D'ailleurs nous dirons quelques mots d'une combinaison basée sur le même principe au chapitre des imitations; cette remarque est également applicable aux Contre-points suivants.

Le Contre-point par mouvement rétrograde [2] est celui qu'on peut lire et exécuter en prenant non seulement du recommencement à la fin, selon l'usage ordinaire, mais encore de la fin au recommencement, c'est-à-dire à rebours. Quand ce Contre-point joint à cette propriété celle du renversement, c'est un Contre-point double; sinon, ce n'est qu'un Contre-point simple.

EXEMPLES DE CONTRE-POINT PAR MOUVEMENT RÉTROGRADE.

À DEUX PARTIES.

Contre-point simple.   Contre-point double.

Exemple ci-dessus, lu à rebours, donne ce qui suit.   Exemple ci-dessus, renversé à l'octave et lu à rebours, donne ce qui suit.

[1] Ce nom est pris de Contre-point tiré du nom du grec Πολύμορφος (Polymorphos) et qui signifie DE BEAUCOUP DE FORMES, ou DE PLUSIEURS FORME.

[2] On nommait désignait le Contre-point rétrograde par le mot CANCRIZANS, aujourd'hui on l'appelle quelquefois encore Contre-point ou ÉCREVISSE.

À TROIS PARTIES.

À QUATRE PARTIES.

Le Contre-point par mouvement rétrograde et contraire résume les deux espèces précédentes; d'offre donc la double possibilité d'être renversé en même temps par mouvement contraire et par mouvement rétrograde.

EXEMPLES DE CONTRE-POINT DOUBLE

Par mouvement rétrograde et contraire.

À DEUX PARTIES.

À TROIS PARTIES.

On a écrit aussi de cette espèce de Contre-point à quatre parties.

Nous terminerons ces citations par un exemple d'un véritable Contre-point Polymorphique. Ce Contre-point, comme on le sait, peut subir aussi les transformations selon les propriétés des espèces aux quelles il se rapporte. Il est généralement établi sur une harmonie consonnante. On l'écrivait d'abord en note contre note, puis on variait ensuite les parties par toutes sortes de figures. L'exemple suivant offre une harmonie radicale propre à ce genre de combinaison.

Le modèle par mouvement contraire. Renversement de l'exemple précédent. Le modèle par mouvement rétrograde. Le même par mouv. rétrograde et contraire.

DE L'IMITATION.

CHAPITRE PREMIER.

On appelle IMITATION (1) la reproduction plus ou moins exacte, entière ou partielle, d'une phrase musicale entendue d'abord dans une partie quelconque (2), et qui passe ensuite dans une autre partie. (3) On peut imiter un dessin, une figure composée de quelques notes, comme aussi des chants qui comprennent deux, trois, quatre mesures et plus, (4) et cela, non seulement dans une partie, mais encore dans plusieurs parties successivement.(5) L'IMITATION est de toute nécessité en musique; les Compositeurs les plus célèbres en ont fait un grand usage, et l'on ne saurait guère s'en passer dès qu'on cherche à donner quelque intérêt soit à la mélodie, soit à l'harmonie. Elle peut se pratiquer à tous les intervalles compris dans l'étendue de l'octave jusqu'à l'octave inclusivement, et à la même distance soit en dessus, soit en dessous de la partie donnée. Ainsi à l'Unisson, à la Seconde, à la Tierce, à la Quarte, à la Quinte, à la Sixte, à la Septième et à l'Octave soit supérieures, soit inférieures. Inutile d'ajouter qu'on peut en faire aussi à la 9ᵐᵉ à la 10ᵐᵉ et à la 11ᵐᵉ etc.

Quand on fait en sorte que l'imitation soit entièrement conforme à son modèle, on a L'IMITATION SÉVÈRE ou CONTRAINTE (6); mais quand on ne se propose qu'un rapprochement aussi exact que possible, on a L'IMITATION IRRÉGULIÈRE ou LIBRE. La première est particulièrement destinée aux CANONS et aux FUGUES; la seconde trouve son emploi dans les MORCEAUX FUGUÉS.

L'imitation libre ne fait pas une loi comme l'imitation sévère de rester fidèle à la modulation, ni de reproduire les mêmes sauts d'intervalles, ni enfin d'observer la correspondance des tons et des demi-tons. Au reste l'imitation sévère elle même ne satisfait naturellement à cette condition qu'autant qu'on l'emploie à l'Unisson ou à l'Octave; déjà à la Quarte et à la Quinte il faut se servir d'altérations pour obtenir cette identité sur laquelle on ne doit plus guère compter dès qu'il s'agit de tout autre intervalle.

---

(1) Quelques Théoriciens regardent l'imitation comme la sixième espèce de Contre-point simple.

(2) Assez ordinairement on distingue sous le nom d'ANTÉCÉDENT la partie qui propose le Chant ou dessin mélodique destiné à l'imitation, et sous celui de CONSÉQUENT la partie qui imite ce que celle-ci a proposé. Mais comme l'imitation alterne souvent d'une partie à l'autre, il s'ensuit que tour à tour le CONSÉQUENT devient ANTÉCÉDENT et l'ANTÉCÉDENT, CONSÉQUENT.

(3) L'imitation qui aurait lieu dans une seule partie serait d'un effet à peu près nul; c'est pourquoi l'on ne doit point écrire comme à l'exemple B car l'imitation s'y produit dans la même partie, c'est à dire que chaque partie se répond à elle même, tandis qu'à l'exemple A c'est une partie différente qui imite ce que l'autre a proposé. Il faut donc suivre la notation de cet exemple dans les passages du même genre, si l'on veut que l'imitation puisse être appréciable.

Dans l'exemple B ce sont les mêmes notes qu'à l'exemple A, mais on ne distingue plus d'imitation proprement dite; la différence de timbre loin de pallier ce défaut, ne ferait que le rendre plus sensible.

(4) Quand l'imitation ne concerne qu'une portion, ou fragment du Chant donné, on appelle Imitation périodique (ou partielle)—quand elle reproduit le même chant, note pour note, dans son étendue, c'est une IMITATION CANONIQUE, (ou entière).

(5) On peut citer Caldara comme un des compositeurs qui ont mis le mieux en rapport l'imitation dans toutes les parties.

(6) Les Dons de Grain sont d'excellents modèles d'imitation entre Bach a uni à la beauté des motifs l'emploi le plus heureux des modulations.

(1) La table suivante offre un résumé synoptique des différentes sortes d'Imitations dans l'ordre ascendant; comme on voit, elles se pratiquent aux mêmes intervalles dans l'ordre contraire.

Si l'on exécutait de suite ces Imitations telles qu'elles sont présentées dans l'exemple ci-dessus, on ferait ce qu'on appelle des ROSALIES, en général on doit se garder de confondre avec les véritables Imitations toute répétition monotone d'une phrase insignifiante et vulgaire. Voyez le 1er des exemples qui suivent. Des passages où le Imitations ont lieu sur une même Basse, c'est à dire sans changement d'harmonie ne sont pas moins ridicules. L'emploi de pareilles phrases dans une composition lui défère une preuve de savoir, comme l'auteur pourrait se l'imaginer, ne marquerait à son désavantage que la outre prétention d'un ignorant.

48

Voici deux exemples plus étendus d'imitation périodique et canonique.

IMITATION PÉRIODIQUE A L'OCTAVE.

IMITATION CANONIQUE A L'UNISSON.

Il est clair que toutes ces espèces d'imitation peuvent s'employer à trois, à quatre et à un plus grand nombre de parties. Nous allons en donner quelques exemples.

EXEMPLES D'IMITATIONS.

À TROIS PARTIES.

À TROIS PARTIES.   À QUATRE PARTIES.

À QUATRE PARTIES.

Lorsqu'on écrit à plusieurs parties, l'occasion peut se présenter de faire une imitation double ou triple, c'est à dire d'imiter deux ou plus de deux chants différents à la fois.

C. 98

CHAPITRE SECOND.

DE QUELQUES AUTRES ESPÈCES D'IMITATION.

Il a été question jusqu'à présent que de l'imitation par mouvement semblable, dans laquelle la partie imitante observe l'ordre de succession de la partie donnée, c'est à dire qu'elle répond toujours à des notes ascendantes ou descendantes par des notes qui progressent dans le même sens. Cette imitation est la plus utile, la seule vraiment indispensable et sur laquelle on doive porter une attention particulière; de toutes celles que l'on peut encore mentionner, il en est peu qui ne soient totalement oubliées de nos jours ou dumoins d'un usage fort rare. Cependant on emploie quelquefois encore l'imitation par MOUVEMENT CONTRAIRE appelée aussi Imitation INÉGALE ou RENVERSÉE. Comme son nom seul l'indique, elle est tout l'opposé de l'imitation par mouvement semblable, c'est à dire que les notes de la partie imitante répondent par mouvement descendant aux notes ascendantes de la partie donnée, et réciproquement. On l'appelle sévère, régulière ou contrainte, quand elle offre une parfaite ressemblance avec le modèle, et qu'elle adopte la disposition primitive de ses tons et de ses demi-tons; libre ou irrégulière quand la partie imitante au lieu de correspondre avec le chant donné demi-ton pour demi-ton, ou ton pour ton, fait ici un ton pour un demi-ton, et là un demi-ton pour un ton. (1)

Nous ferons observer que la même distinction est à établir pour toutes les imitations subséquentes qu'on peut traiter soit sévèrement, soit librement.

En outre ces imitations peuvent être ou périodiques ou canoniques.

EXEMPLES D'IMITATIONS PAR MOUVEMENT CONTRAIRE.

Imitation sévère.　　　　　　　　　　Imitation libre.

(1) Les anciens auteurs leur ont transmis le moyen de reconnaître l'intervalle à employer comme point de départ soit pour faire une imitation libre, soit pour faire une imitation sévère. Dans le premier cas, il faut opposer à une gamme quelconque la gamme homogène établie en sens inverse; (Voyez l'exemple ci-contre,) ce qui oblige naturellement de commencer toujours l'imitation par l'octave de la tonique.

Mais si l'on voulait répondre à la tonique par la dominante, il faudrait se servir de cette autre série établie comme on le voit ci-contre. Ces deux manières conviennent également au mode majeur et au mineur.

Pour l'imitation sévère l'on se sert d'un procédé analogue, avec cette différence qu'on place sous la gamme donnée, la série des tons compris dans l'octave de la médiante (si le mode est majeur,) et de la septième inaltérée (si le mode est mineur,) mais ici domine la correspondance des tons et des demi-tons se parfaitement observée, d'où il suit que les imitations faites dans le système de ces deux gammes sont des imitations sévères; on conçoit que chaque intervalle pouvant répondre à celui auquel il est opposé, si une partie commence par l'UT ou par le MI, l'imitation commence par le MI ou par le SI (le mode étant majeur), et si elle commence par le LA (le mode étant mineur) l'imitation commence par le SOL. L'on peut voir dans les exemples d'imitation ci-dessous qui suivent, l'application de ces règles.

Mode Majeur.

Mode Mineur.

Mode Majeur.　　　　　　　　　　Mode Mineur.

(..98..)

50

Les autres espèces d'Imitations reçoivent les noms:

D'IMITATION RÉTROGRADE, lorsqu'une partie répond à l'autre en commençant par la dernière note de la phrase ou de la figure donnée qu'elle continue ainsi d'imiter à rebours, exemple:

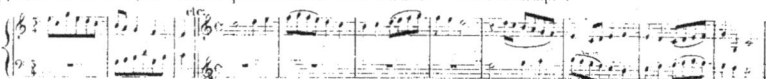

D'IMITATION PAR MOUVEMENT CONTRAIRE ou RÉTROGRADE ET RENVERSÉE, lorsqu'on applique encore le mouvement contraire à l'imitation précédente ex:

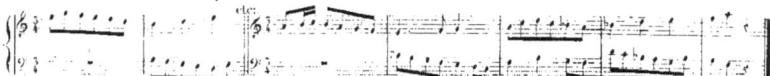

D'IMITATION PAR AUGMENTATION, lorsque la partie imitante augmente la valeur des notes du chant qu'elle reproduit.

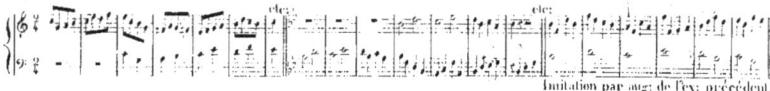

Imitation par aug: de l'ex: précédent.

D'IMITATION PAR DIMINUTION, lorsque la partie imitante donne au contraire à ces notes une moindre valeur.

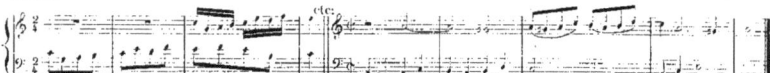

D'IMITATION INTERROMPUE, lorsque les notes de la partie imitante alternent avec des silences qui en suspendent la progression.

D'IMITATION À CONTRE TEMPS, lorsqu'une partie répond en commençant sur le temps faible (ou une partie de temps faible) à un chant qui commence sur le temps fort (ou sur une partie de temps fort) et réciproquement.

D'IMITATION DE MOUVEMENT, ou de QUANTITÉ, ou de RHYTHME, lorsqu'une partie au lieu d'imiter un chant sous le rapport de la mélodie ne s'attache qu'à la forme rhythmique ex:

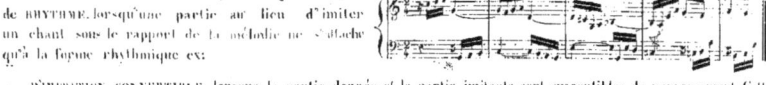

D'IMITATION CONVERTIBLE, lorsque la partie donnée et la partie imitante sont susceptibles de renversement. Cette imitation donne en conséquence un véritable Contre-point double.

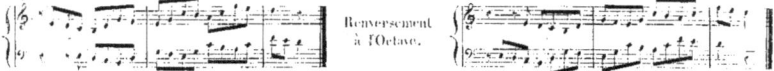

Renversement à l'Octave.

Les Imitations ci-dessus mentionnées peuvent s'employer à trois, à quatre et même à un plus grand nombre de parties, aussi bien qu'à tous les intervalles. Nous croyons qu'il est de toute inutilité d'en donner ici des exemples.

DU CANON.

On entend par le mot CANON (1) dans une acception générale, toute imitation sévère qui n'est sujette à aucune interruption ni à aucun changement. Mais on applique aussi particulièrement ce nom à un morceau de musique où les différentes parties se succèdent et se répondent en se passant l'une à l'autre le chant que l'une d'entre elles a proposé, et que toutes les autres doivent ensuite imiter fidèlement dans toute son étendue. Cette imitation se fait n'importe à quel intervalle, en dessus comme en dessous de la tonique. De là viennent les dénominations de Canon à l'Unisson, à la Seconde, à la Tierce etc. Pour la création d'un Canon il est d'abord nécessaire de trouver une période mélodique bien chantante qui se prête à l'imitation continue. On ajoute à cette partie autant de parties que l'on veut. Après l'exposition du Chant donné, c'est la partie qui se trouve placée le plus près de la tonique que l'on fait d'abord débuter, puis toutes les autres entrent successivement de telle sorte que chacune d'elles imite le motif principal du commencement à la fin. Le Canon auquel on donne une conclusion satisfaisante est appelé CANON DÉTERMINÉ, ou TERMINÉ ou LIBRE; celui qui n'en a pas, et qu'on peut en conséquence recommencer sans cesse, est un CANON PERPÉTUEL ou OBLIGÉ. Toutefois, comme il est certain que ce mot ne saurait être pris à la lettre, et qu'on se voit nécessairement forcé d'en venir à une fin, il faut choisir un endroit convenable pour conclure, de manière que le repos final, s'il ne peut être parfait, semble du moins suffisant. Lorsque toutes les parties se trouvent disposées les unes au dessus des autres sur plusieurs portées, de telle sorte qu'on puisse les embrasser d'un coup d'œil, le Canon est OUVERT, mais si l'on n'a écrit que la partie principale, et que le Canon soit présenté sur une seule portée de façon qu'il faille chercher les autres parties dans l'ordre où elles doivent se suivre, alors le Canon est FERMÉ ou CLOS. Dans ce dernier cas, on indique chaque fois l'entrée d'une nouvelle partie par un signe ordinairement figuré de la manière suivante, ou quelquefois par des lettres majuscules. Si le Canon n'est ni à l'unisson ni à l'octave, il faut joindre à l'emploi de ces signes la désignation de l'intervalle auquel les parties doivent se répondre. Cela s'indique par écrit au dessus ou au dessous de chaque partie, et plus ordinairement en tête du Canon, ou bien l'on place à côté du signe que nous venons de faire connaître un chiffre déterminant la nature de l'intervalle auquel aura lieu l'imitation. ex: (2.

Dans l'exemple ci-contre la seconde partie, après avoir observé le silence qui est placé dans la première mesure, entre dans la quarte supérieure du Chant donné, et conséquemment répond au sol par un ut, la troisième partie débute par un sol (à l'octave supérieure du Chant donné) dans la Sixième mesure, et la quatrième partie au signe 11. commence à la double quarte de Chant donné, c'est à dire à la onzième supérieure. Si les intervalles doivent être pris dans l'ordre descendant, les chiffres et le signe se placent au dessous des notes. Des chiffres, sans le signe, indiquent quelquefois simplement les différentes entrées des voix; dans ce cas on pourrait les confondre avec ceux qui désignent l'intervalle auquel on imite; c'est pourquoi l'usage des lettres majuscules est alors préférable. A la place des chiffres l'on peut mettre au commencement de la portée les Clefs des différentes parties du Canon, et cela de manière que la clef de la partie principale soit suivie des autres clefs, placées les unes après les autres selon l'ordre dans lequel se feront les différentes entrées, Exemple:

Conformément à l'explication précédente l'on verra qu'ici le motif principal, donné primitivement dans la Clef de Soprano (Clef d'UT 1.re ligne), est repris à la seconde moitié de la première mesure par une deuxième partie qui le fait entendre d'après la Clef d'Alto (Clef d'UT 3.e ligne) à la quinte inférieure, que, subséquemment,

---

(1) Le mot CANON dérive du Grec et signifie une règle, loi, décret prescription. Autrefois on plaçait certaines instructions, certains signes en tête dans cette espèce de composition appelée FUGUE PERPÉTUELLE, lesquels se rapportaient à la manière de l'exécuter, et c'est seulement CANONS parce qu'ils contenaient proprement parler les règles; mais depuis lors, le nom de ces avertissements ayant été confondu avec la chose elle-même on a employé le mot CANON dans le sens qu'on lui connaît aujourd'hui.

(2. Quelquefois le signe n'est accompagné pas de chiffre.

à la seconde mesure, à la troisième partie se transporte d'après la clef de Ténor (Clef d'ut 4.ᵐᵉ ligne) à la Septième inférieure, et qu'enfin il est donné à la onzième inférieure par une quatrième partie dont l'entrée se fait sur le troisième temps de la seconde mesure. Par ce changement de Clefs la transposition du Chant principal se trouve naturellement opérée dans chaque partie. Les deux Canons rapportés ci-dessus sont des CANONS PERPÉTUELS; ce que le signe de la reprise fait connaître. Dans les Canons TERMINÉS on trouve ordinairement vers la fin un point d'arrêt (⌢) servant à indiquer que l'imitation cesse. Cependant le même signe se rencontre aussi quelquefois dans un Canon perpétuel, et alors il marque l'endroit où il y a moyen de s'arrêter.

Nous allons exposer maintenant quelques observations relatives à la construction des différentes espèces de Canons les plus usités.

1. Pour faire un Canon à l'unisson il faut inventer un motif franc et naturel auquel on puisse ajouter, selon les règles du Contre-point simple, autant de parties d'accompagnement qu'il plaira, mais qu'on aura soin de rendre aussi chantantes que possible. Lorsqu'on a mis cette harmonie en partition et qu'on l'a soigneusement vérifiée on fait entrer successivement les différentes parties (voy. l'ex. 1.) ou bien on écrit sur une seule ligne, à la suite de la partie principale, les phrases qui lui ont servi d'accompagnement, en indiquant les entrées des différentes parties au moyen des signes prescrits pour cet usage. Si le Canon doit être perpétuel, il faut combiner les parties dans les dernières mesures de telle sorte que les unes puissent reprendre DA CAPO la phrase principale pendant que les autres achèvent de l'imiter.

EXEMPLES.

1. Harmonie en partition.   A DEUX PARTIES.

Canon ouvert fait avec l'harmonie de l'Ex: 1.

Le Canon précédent fermé.

Canon ouvert fait avec l'harmonie de l'Ex: 2.

Le Canon précédent fermé.

Harmonie en partition. Canon ouvert.   A TROIS PARTIES.

Le Canon précédent fermé.

Voici un autre exemple de Canon à l'unisson, à trois parties. Ce Canon est fermé, mais maintenant on doit pouvoir déchiffrer tout Canon écrit de la sorte, et c'est pour cela que nous nous dispensons de mettre celui-ci en partie. Canon.

Il ne sera à partir? Canon ouvert tiré de l'harmonie précédente.

Le Canon ci-dessus fermé. §

2.° Un Canon à l'octave, s'il est à deux parties, demande à être traité selon les règles du Contre-point double à l'octave et s'il est à trois et à quatre parties, selon celles du Contre-point triple et quadruple. Pour le reste, on procédera de la même manière qu'à l'égard du Canon à l'unisson.

Harmonie en partition.

EXEMPLE À DEUX PARTIES.

Le Canon précédent en Canon fermé.

Canon à l'unisson et à l'octave en Contre-point double.

Nous croyons qu'il est tout à fait inutile de donner ici des Canons à trois et à quatre parties en Contre-point triple et quadruple, puisque les règles qui les concernent reposent sur le principe de la formation de ces Contre-points, principe que l'on a déjà développé dans cet ouvrage.

3.° Les Canons à l'unisson et à l'octave établis dans le système exposé précédemment sont à la fois les plus faciles à faire et ceux qui offrent le plus d'avantages sous le rapport artistique [1]; mais il est des occasions où le début du motif principal et les entrées des parties imitantes se succèdent à un très court intervalle de temps, et alors au lieu d'imaginer la phrase principale d'avance, il faut employer une autre méthode qui consiste à la créer partiellement de mesure en mesure, en ajoutant de suite dans les autres parties, l'imitation faite sur ce qu'on vient d'écrire. Pour cela on invente une suite mélodique de peu de mesures, quelquefois même une simple figure de deux, trois notes et plus, on l'écrit dans la partie qui doit commencer, puis on la transpose dans une autre partie à un intervalle déterminé, soit à la seconde, à la tierce ou à la quarte etc. cela étant fait, on revient à la première partie pour ajouter un bon accompagnement au chant transposé; cet accompagnement soumis également à la transposition, se place, à la suite de ce dernier, et c'est en poursuivant de la sorte la combinaison alternative d'une partie avec l'autre, qu'on arrive au moment de clore le Canon, si toutefois l'on croit lui avoir donné assez d'étendue, ou quand il doit être perpétuel, à l'endroit où l'une des parties peut

[1] Ces deux sortes de Canons sont des Canons LIBRES, celles dont nous traiterons ensuite sont des Canons SÉVÈRES. Ceux-ci se distinguent des premiers en ce que l'entrée de la partie imitante se fait ordinairement avant la fin du motif principal, ou de mesure soit toujours de très près celle de la première partie; afin ce qui les distingue encore, c'est que les Canons sévères peuvent se faire à tous les intervalles, tandis que le même chose n'a point lieu pour les CANONS LIBRES. On voit par là que la raison de ce dénomination ne repose pas, comme point l'on estime, sur le plus ou le moins d'exactitude de observer dans la correspondance des tons et des demi-tons, puisque le Canon, libre ou sévère, doit toujours être basé sur une imitation contraignante. On voit cependant que cette dernière se établie facilement dès sa rigueur, dans les Canons qui ne sont ni à l'unisson ni à l'octave, car alors on est souvent obligé de répondre à son tour par un demi-ton, et vice versa.

reprendre dès les premières mesures le motif principal, toutes que ... s'achève de l'unisson, à ... Parce que les parties s... dent ensemble, on est parfois obligé de revenir à ce qui précède et d'en modifier l'harmonie ... ement de quelques inter...

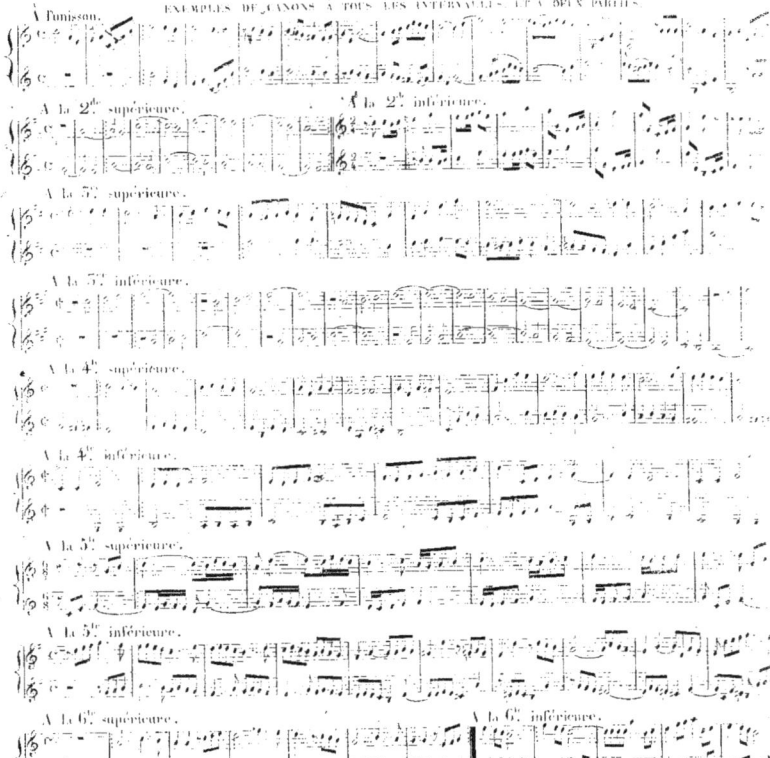

EXEMPLES DE CANONS A TOUS LES INTERVALLES ET A DEUX PARTIES.

A l'unisson.

A la 2.de supérieure. A la 2.e inférieure.

A la 5.e supérieure.

A la 5.e inférieure.

A la 4.e supérieure.

A la 4.e inférieure.

A la 5.e supérieure.

A la 5.e inférieure.

A la 6.e supérieure. A la 6.e inférieure.

(1) On peut encore recourir à un autre procédé pour la formation des Canons sévères. Ce procédé consiste à leur donner pour base une suite d'intervalles de progression harmonique, que l'on présente d'abord sous l'aspect le plus simple, et que l'on figure ensuite pour la transformer en Canon. Parmi les exemples ci-dessus il en est plusieurs de ce genre, d'après ce principe, les deux qui suivent sont établis ... sur la progression descendante. Les progressions FIGUREES ... la quinte inférieure, l'autre au Canon à la septième supérieure, comme on le voit ci-après.

1. A la 4.e infér. 2. A la 7.e supérieure.

On se sert du même moyen pour écrire des canons à trois et à quatre p...

À la 7ᵉ supérieure.

À la 7ᵉ inférieure.

À l'octave supérieure.

À l'octave inférieure.

Pour construire des Canons à plus de deux parties dans le système des précédents, il n'est que de suivre les avis donnés plus haut, mais en observant que le trait de Chant proposé en premier lieu par une partie, doit se transposer successivement dans toutes celles qui restent, avant qu'on y ajoute un accompagnement; l'on transcrira de la même manière tout ce qu'on aura créé subséquemment. Voici quelques exemples de Canons à plus de deux parties.

Canon à l'unisson à 4 parties.

Le même à 6 parties.

Canon à l'unisson à 8 parties.

Canon à la 5ᵉ supérieure et à l'octave inférieure.

Canon dont les parties s'entresuivent par quintes.

CHAPITRE SUPPLÉMENTAIRE.

DE PLUSIEURS AUTRES ESPÈCES DE CANONS.

Ce Chapitre sera consacré à différentes productions qu'il est plus difficile d'obtenir que les précédentes, et surtout de rendre intéressantes et agréables, et elles sont le résultat d'un travail qui n'attend rien de l'inspiration et du génie, mais qui exige avant tout une application soutenue et une patience à l'épreuve des difficultés sèches et rebutantes. Cependant comme il est à désirer que d'aussi précieuses qualités servent à meilleure fin, on doit conseiller à tous ceux qui veulent s'instruire utilement et tirer parti des connaissances qu'ils acquièrent, on doit leur conseiller, disons-nous, de ne point s'appliquer à des recherches puériles, et à des combinaisons ingrates sous le point de vue de l'art; mais ils ne sont point tenus pour cela d'en ignorer complètement l'existence, et nous devons fournir à la curiosité du lecteur quelques notions sur cette matière.

Lorsque dans la composition d'un Canon combiné en Contre-point double, les répétitions de la phrase principale peuvent se faire à d'autres intervalles que les premiers, et que la progression adoptée parcourt les douze tons, majeurs ou mineurs, puis se retrouvant à son point de départ semble ainsi avoir décrit un cercle parfait, alors on obtient un CANON CIRCULAIRE. Un Canon de cette espèce peut se faire à deux et à plus de deux parties mais attendu qu'il ne finit point, à moins qu'on ne lui donne une conclusion arbitraire, qu'il n'est généralement dans l'étendue d'aucune voix ni d'aucun instrument, que ses formules de modulations qui sont usées en trop scolastiques rendent fastidieux, on a en fortement raison d'en abandonner l'usage de nos jours.

EXEMPLE DE CANON CIRCULAIRE A DEUX PARTIES.

AUTRE EXEMPLE A QUATRE PARTIES.

Ainsi que certaines espèces d'imitations, il y a des Canons qu'on a nommés Canons par augmentation, ou par diminution, en renversement rétrogrades, etc. d'après les diverses modifications auxquelles ils étaient soumis. Nous ne croyons pas devoir revenir sur la signification de ces termes, et nous nous bornerons à donner des exemples de leur application par rapport aux Canons.

CANON PAR AUGMENTATION.

A Deux parties.

A Trois parties.

CANON PAR DIMINUTION.

CANON PAR MOUVEMENT CONTRAIRE.

Le Canon précédent a été écrit de la même manière qu'il s'exécute; à la dixième mesure il y a transposition dans les parties qui affectent des deux leur marche rétrograde. On peut voir que les deux parties de cet exemple se reproduisent l'une l'autre, c'est-à-dire que la partie supérieure propre à exécuter donne la même suite de notes que la portée inférieure en sens direct, et réciproquement. Par cette raison, un Canon de cette nature peut s'exécuter au moyen de l'une d'elles, et dans ce cas on ajoute ordinairement au bout de la ligne la clef et les autres signes placés au commencement, pour indiquer qu'elle est à double fin. Ainsi, on y lira d'abord les notes de gauche à droite, selon l'habitude ordinaire, et ensuite de droite à gauche, en rétrogradant de la dernière jusqu'à la première.

Le Canon précédent sur une seule ligne.
(Canon rétrograde ou Écrevisse.)

Les Canons par mouvement rétrograde peuvent se faire aussi à trois et à quatre parties, par mouvement direct comme par mouvement contraire, mais il ne convient pas d'après le plan de cet ouvrage d'en donner des exemples ici.

On n'a pas toujours imité qu'un seul trait de chant, par conséquent on n'a pas toujours fait que des CANONS SIMPLES, mais on a fait aussi des CANONS DOUBLES, en imitant et en réunissant deux Chants différents; Un Double Canon, bien entendu, ne peut pas être à moins de quatre parties, puisqu'indépendamment des deux parties principales, il doit y en avoir deux autres pour l'imitation. Quant à la composition d'un morceau dans ce genre, voici ce qui se pratiquait; après avoir inventé un motif de quelques notes, on l'écrivait dans la partie qui entrait la première, ensuite on le transposait dans une autre partie à un intervalle quelconque; après cela on créait un nouveau motif pour une troisième partie, et l'on en conduisit l'imitation à une quatrième, le second motif et cette seconde imitation devaient fidèlement s'accorder avec le premier motif et la première partie imitante, tant par rapport aux intervalles qu'à l'égard des silences dont la durée ne devait souffrir aucune altération. Le commencement du double Canon ayant été ordonné de la sorte, on ajoutait une suite à ce qu'on avait écrit d'abord, puis on continuait le Canon commencé en second lieu. Un double Canon, s'il est perpétuel ne se compose généralement que d'intervalles consonnants, sinon il admet les dissonances.

EXEMPLES.

L'exemple ci-contre à cinq parties présente un double Canon perpétuel par mouvement contraire. La partie supérieure est une partie de remplissage.

On a fait aussi des Canons ou plutôt des imitations canoniques sur Choral ou Plain-Chant, et ce genre de composition, réputé difficile, était même fort en honneur autrefois. Les mélodies de Choral qui se prêtent le mieux à ces combinaisons procèdent diatoniquement; elles peuvent se mettre n'importe à quelle place de l'harmonie, et se trouver partie supérieure, partie intermédiaire ou partie de Basse. Quand au Canon, on le combine suivant un procédé analogue à celui qui s'emploie pour les Canons séveres; les seulement le point difficile est d'obtenir un Chant et une imitation qui puissent cadrer et faire bonne harmonie avec la mélodie du Choral, à laquelle la marche du Canon doit nécessairement être subordonnée. Ci-après, à l'exemple A, on voit un Choral qui se prête lui-même à l'imitation; Ce Choral est reproduit à l'exemple B et le Canon requis; enfin, en dernier exemple, les vides laissés dans l'harmonie ont été remplis et le Canon est achevé.

Choral.   Choral.

Choral.

Choral.   Canon.

On peut employer le Canon avec Choral à un assez grand nombre de parties, en y ajoutant des parties d'accompagnement.

Tout Canon à deux, à trois ou à quatre parties, peut recevoir une basse AD LIBITUM que l'on y ajoute pour suppléer les intervalles qui manquent à l'harmonie, ou pour rendre celle-ci plus riche, plus variée et plus satisfaisante, ou enfin pour donner plus de mouvement et d'intérêt à la composition.

Il est des Canons qui offrent un grand nombre de solutions [1] et qui en raison de cela se nomment Canons Polymorphiques. Un Canon de cette espèce peut non seulement se faire à plusieurs parties, et se résoudre à différents intervalles, mais encore admettre d'autres solutions par mouvement contraire, rétrograde, rétrograde et contraire, par augmentation ou par diminution etc. Présumant que nos lecteurs ne s'appliqueront à connaître en fait de théorie, que ce dont ils peuvent user avec fruit dans la pratique, nous ne donnerons pas de ces sortes de Canons. Nous ne parlerons pas non plus des Canons à un grand nombre de voix et à plusieurs chœurs, ni de ceux par mouvement rétrograde et contraire, ou à contre-temps ou par imitations interrompues, ni enfin des Canons qui se changent en Trio et en Quatuor au moyen des Tierces ajoutées etc.

On conçoit que le désir d'indiquer clairement les procédés de leur formation, et d'ajouter quelques exemples pour aider à l'intelligence de tout cela, nous entraînerait beaucoup trop loin; mais renvoyons donc les personnes qui désirent être plus amplement renseignées sur cette matière aux travaux du savant Théoricien André qui a écrit sur les Canons un des livres les plus curieux et les plus remarquables que l'on ait fait depuis longtemps. Cependant on peut consulter la note qui suit pour avoir quelque idée du CANON ÉNIGMATIQUE, la plus stupide invention due à l'imagination appauvrie des vieux savants. [2N.]

[1] Dans les anciens livres il est parlé de CANONS Polymorphiques qui ont 500, 500, 1,000 et jusqu'à 2,000 solutions. On se figure de temps et de patience il fallait, pour sortir de cet obscur dédale de difficultés et pour parvenir à résoudre le Canon. C'est ce qui a fait d'ailleurs à mon sens dans certains de ces livres, remarquables par la multiplicité de leurs transformations. À ce sujet un des théoriciens qui furent les premiers bons esprits à toutes les vieilles absurdités, proposées encore de nos jours par des esprits opiniâtres et retardataires comme autant de saines traditions, REICHA observe judicieusement que pour de semblables productions, il serait aujourd'hui plus facile de trouver des solutions que des auditeurs.

[2] N.B. On voit avec surprise et quelque indécence entre la routine de nos devanciers, lorsqu'on découvre chez la plupart d'entre eux tant de savoir uni à tant... [texte illisible]

CANON ÉNIGMATIQUE À DEUX PARTIES.

Canon à 2.

SOLUTION DU CANON PRÉCÉDENT.

La Basse imite la partie principale de mesure en mesure par mouvement contraire.

(95.)

Le Canon précédent peut encore s'écrire sur une seule portée de la manière suivante et se combiner de mille façons diverses à deux, à trois et quatre parties. Ce Canon est un véritable Canon Polymorphique.

Ce Canon est comme nous l'avons observé tout à l'heure, susceptible de beaucoup de changements qui naturellement ne peuvent trouver place ici.

Une mélodie de quelques notes qui se prête à l'imitation canonique et qui ne dépasse pas les limites d'une Tierce, peut s'écrire sur une simple ligne, à la manière de Canon Énigmatique.

Solution du Canon précédent.

CANON A 2.

Le fameux air de trois notes imaginé par J.J. Rousseau, serait propre à cette notation en raison du peu d'étendue de sa mélodie, et si l'on veut tolérer une harmonie pauvre et souvent fautive, on peut convertir cet air en Canon et l'écrire sur une simple ligne ainsi que le Théoricien J. André a en fait de L. Laire, mais selon nous sans succès.

Canon à deux.

SOLUTION DU CANON ETABLI SUR LA MÉLODIE DE J. J. ROUSSEAU.

Comme nous l'avons déjà observé, les anciens maîtres attachaient un très grand prix à toutes ces habiles scolastiques; ils ne se bornaient point à en recevoir l'étude à leurs élèves, mais encore s'imposaient entre eux l'obligation de deviner ces énigmes musicales. Pour faciliter les recherches ou plutôt pour diriger davantage ils apposaient ordinairement quelque inscription dont le sens mystérieux contenait le mot de l'énigme ou la solution du a en notations dans les sens traités un grand nombre de ces inscriptions; nous allons rapporter ici quelques-unes d'entre elles en donnant leur signification.

DE LA FUGUE.

CHAPITRE PREMIER.

Le nom de FUGUE dérivé du latin: FUGA, fuite, a été donné à un morceau de musique qui a ses règles propres et déterminées, et dont les parties semblent alternativement se poursuivre ou s'éviter l'une l'autre.

Toute fugue peut se faire à deux, à trois, à quatre et à un plus grand nombre de parties, pour des voix comme pour des instruments, aussi bien que pour des voix et des instruments réunis.

Il y a cinq objets essentiels à envisager dans la formation de la Fugue:

1°. Le SUJET, THÈME, ANTÉCÉDENT ou MOTIF PRINCIPAL (en latin: DUX), c'est le principe fondamental et générateur de la Fugue.

2°. La RÉPONSE ou CONSÉQUENT (en latin: COMES), c'est la reproduction du Sujet dans une autre partie, dans un ton différent et sur d'autres degrés, mais pour l'ordinaire avec quelques modifications prescrites par les lois de la tonalité moderne.

3°. La RÉPERCUSSION (REPERCUSSIO), c'est le retour périodique du Thème et de la Réponse selon l'ordre de de leur succession dans des tons différents et dans différentes parties.

4°. La CONTRE-HARMONIE ou CONTRE-SUJET (CONTRA-THEMA), c'est un motif secondaire qui se marie bien avec le Thème principal, et qui sert à l'accompagner ainsi que les diverses répercussions.

5°. L'HARMONIE INTERMÉDIAIRE ou de REMPLISSAGE (on l'appelle aussi ÉPISODE ou Divertissement), ce sont des phrases de peu d'étendue, ordinairement de courtes imitations, tantôt empruntées, tantôt indépendantes du motif principal ou du Contre-sujet, lesquelles continuent le chant en l'absence du Thème et de la Réponse, et lient entre elles les répercussions.

Une Fugue est RÉGULIÈRE ou IRRÉGULIÈRE (1) RÉGULIÈRE, quand elle se base sur les cinq points fondamentaux que nous venons d'exposer; IRRÉGULIÈRE, quand elle s'éloigne plus ou moins de ces conditions, et qu'elle est traitée arbitrairement. Il est vrai qu'alors, ce n'est-à-dire pas à proprement parler une véritable FUGUE, mais simplement un morceau en STYLE FUGUÉ.

Dans une Fugue de la première espèce, si l'on a soin d'écarter les idées étrangères à l'idée principale, et que tout ce dont la Fugue se compose soit déduit d'un Sujet unique, alors elle est SÉVÈRE; mais lorsqu'on abandonne de temps à autre le Thème primitif pour faire intervenir de nouvelles phrases d'un choix heureux, placées à propos, et qui soient parfaitement en rapport avec la matière principale quoique n'en dérivant pas; la Fugue est LIBRE, fut-elle écrite même dans le STYLE SÉVÈRE. Les Fugues modernes se traitent généralement d'après ce système; aussi sont-elles susceptibles de beaucoup plus d'intérêt et de variété que les autres. (2) Outre les cinq objets essentiels sur lesquels on est tenu de porter d'abord son attention, il entre dans le contexture d'une Fugue certains artifices subordonnés aux combinaisons principales, mais qui ne sont pas tous indifféremment de rigueur. Ceux dont l'emploi est presque toujours obligatoire sont: 1°. La RÉPERCUSSION du Thème et de la réponse en IMITATION TRÈS SERRÉE, ce qu'on désigne par le nom de STRETTO, mot Italien qui signifie ÉTROIT SERRÉ, PLACÉ PRÈS À PRÈS, et qui a été francisé dans celui de STRETTE; 2°. La PÉDALE ordinairement d'usage dans les Fugues un peu développées à plus de deux ou trois parties. Quant aux autres combinaisons, elles dépendent de l'adresse, de l'expérience et de la volonté du compositeur; de l'étendue que comportera la Fugue; des circonstances où l'on veut l'employer, de la nature, des qualités et des ressources du Sujet; enfin de mille autres considérations du même genre. Toutes les connaissances que l'on doit avoir acquises par l'étude des matières traitées précédemment trouvent leur application dans la Fugue; car il lui est donné de profiter des nombreux avantages que peuvent offrir les

---

(1) Il y a des Théoriciens qui soumettent encore une à ces deux qualifications; nous en reparlerons plus tard.

(2) Dans l'enseignement de la Fugue on a établi plusieurs autres divisions dont la plus importante comporte; savoir: La FUGUE DU TON, La FUGUE RÉELLE et La FUGUE D'IMITATION. Sur chaque quelques détails sur ces différentes espèces, nous attendrons qu'il soit traité de la réponse, pour que c'est alors seulement que nous pourrons le faire, vu ce qui les démarque en quoi elles diffèrent l'une de l'autre.

différentes espèces de Contrepoint, d'Imitation et de Canon. Aussi la Fugue est-elle de toutes les compositions scientifiques, la plus parfaite, la plus riche, la plus variée, la plus intéressante et la plus favorable. L'alliance du savoir et de l'inspiration, c'est le plus beau résultat, et le meilleur dédommagement qu'on ait a .... pour des longs et arides travaux préparatoires.

Nous avons parlé des élémens de la Fugue, mais pour ce qui concerne l'ordonnance générale de l'œuvre, il faut observer les trois points suivants:

1.° L'EXPOSITION, c'est à dire l'ordre dans lequel se présentent et se suivent le Sujet et la Réponse au commencement de la Fugue.

2.° LA CONDUITE ou PROGRÈS DE LA FUGUE, c'est à dire le choix des modulations, la manière dont elle s'opèrent, l'art de faire intervenir les épisodes, de lier les répercussions, de coordonner les matériaux de la Fugue, d'introduire le plus de variété possible dans les détails sans que l'ensemble ait rien à perdre sous le rapport de l'unité, l'art enfin d'exciter graduellement l'intérêt par la mise en œuvre intelligente des moyens susceptibles de donner du mouvement et de la vie à une composition.

3.° LA CONCLUSION, c'est à dire le moment où l'on doit reproduire une dernière fois les principaux traits de la Fugue, en choisissant la manière de les présenter qui fasse le plus d'effet et frappe le plus l'auditeur. C'est dans ce but qu'on emploie généralement vers l'endroit de la Fugue un STRETTE très serré, ou un CANON, ou bien le Sujet en AUGMENTATION ou en DIMINUTION etc.

Nous allons passer maintenant à la manière de traiter chaque partie de la Fugue séparément.

On doit observer d'abord que la Fugue participant également des qualités et des défauts du Sujet, il importe de choisir un Thème qui réunisse toutes les conditions imposées et dont l'énumération va suivre. L'une des plus essentielles est celle de l'étendue; il convient que le sujet ne soit pas trop court dans les mouvements vifs pour ne point passer inaperçu, ni trop long dans les mouvements lents, pour que l'appréciation en soit faite sans peine, et qu'il puisse se graver sur le champs dans la mémoire. Au reste on ne saurait rien dire de précis et d'invariable sur sa dimension; cela est subordonné à son caractère, à sa forme particulière et à la nature du mouvement adopté. (1) La mélodie doit en être bien caractérisée, franche et naturelle, en un mot d'une perception tellement claire et facile que l'oreille ne manque jamais de la discerner au milieu même des combinaisons et des développements qui constituent le travail de la Fugue, et dont elle fournit presque toujours la matière. Lorsque le Sujet a quelque chose de mâle et d'énergique, la Fugue a nécessairement beaucoup plus de vigueur et d'entrain; lorsqu'il est grave et imposant, elle prend un caractère majestueux et solennel; lorsqu'il est gai et piquant, elle est vive et brillante; lorsqu'il est original et hardi dans ses formes, elle brille par la nouveauté et l'intérêt; mais lorsqu'au contraire il ne renferme rien de saillant, elle devient pâle et monotone. On voit par là que la Fugue tout entière est soumise à la prédominance du Sujet; c'est pourquoi l'on ne saurait porter assez d'attention sur ce point capital. Une chose à considérer en outre ce sont les moyens d'exécution auxquels on a recours; par exemple, si la Fugue est destinée aux voix ou aux instruments. Lorsqu'elle est instrumentale, le motif adopté peut avoir plus d'étendue, être plus richement figuré, plus libre dans son allure; mais si elle est confiée à des voix elle exige une mélodie simple, claire et chantante qui, ordinairement ne peut parcourir plus d'une octave pour que toutes les parties qui entrent successivement n'éprouvent aucune difficulté à se l'approprier tour à tour.

---

(1) L'étendue la plus ordinaire de Sujet comporte rarement plus de six ou huit mesures dans les mouvements vifs, et plus de quatre dans les mouvements lents. Si, pour éviter la monotonie inséparable des sujets trop étendus, on quitte vers le milieu de la phrase la forme rhythmique primitivement adoptée et qu'on crée une seconde partie d'un Rhythme et d'une cadence opposés à la première, il en résulte un Sujet qui semble être composé de deux motifs différents et que les Italiens ont appelé ANDAMENTO. [...]

[...] les Sujets [...] sont [...] pour servir de Thème principal à une suite de Fugue et qui constituent beaucoup mieux un morceau en style Fugué. Au Sujet de cette nature prend le Italiens le nom d'ATTACCO.

Une des raisons par lesquelles la première idée venue ne saurait donner un bon Thême de Fugue, c'est que dans tous les cas qu'il doit pouvoir accompagner celui-ci soit au grave, soit à l'aigu par des phrases harmoniques. Or, il y a des Thêmes qui se prêtent plus ou moins à l'adjonction de cette Contre-harmonie. Il en est aussi qui conviennent mieux aux Fugues à deux ou à trois parties qu'aux Fugues à quatre parties. Ainsi, pour s'épargner des obstacles dans le travail de la Fugue, on fera bien en même temps qu'on imagine le Sujet, de s'imaginer les combinaisons auxquelles il faudrait le soumettre par la suite; à l'aide de ce procédé on s'assure d'avance s'il est fécond en ressources, si la Fugue peut être à deux, à trois ou à quatre parties et si elle sera difficile à traiter.

D'ordinaire un Sujet de Fugue ne sort pas du ton principal, à moins qu'il ne soit chromatique ou il ne module que de la Tonique à la Dominante. Il peut commencer sur tous les temps de la mesure, mais il ne se termine guère que sur les temps forts. S'il fait alors une cadence parfaite, comme on ne doit pas sentir un véritable repos avant la fin de la Fugue, il faut laisser entrer à ce moment la seconde partie.

VOICI QUELQUES THÊMES DE FUGUE QUI PEUVENT SERVIR D'EXEMPLES.

Nous avons dit plus haut que la RÉPONSE n'est autre chose que la reproduction du Sujet. En conséquence elle s'y rapporte exactement tant pour la valeur des notes (1) que pour la progression des intervalles. C'est à dire qu'une Tierce doit être opposée à une Tierce, une Quarte à une Quarte, etc. A cet égard cependant l'imitation ne peut toujours être fidèle; le plus souvent même il est nécessaire d'introduire un ou plusieurs changements dans la Réponse. L'essentiel consiste à pratiquer ces changements avec adresse. Afin d'y parvenir on a établi des règles générales, mais indépendamment de ces règles il faut un certain tact naturel pour remédier à ce qu'elles ont d'incertain et d'incomplet. D'ailleurs que déterminer quand les opinions sont si diverses et parfois même si contradictoires? C'est un point que chacun envisage à sa manière; de là une source intarissable de vives et fréquentes contestations. Les Anciens maîtres surtout en fournissent de nombreux exemples. On assure qu'entre autres Bach, Kirnberger et Vogler n'ont jamais pu concilier leurs doctrines et se sont dénié tour à tour le talent de faire UNE BONNE RÉPONSE. De nos temps il est à peu près aussi difficile de s'entendre qu'autrefois. Selon les uns telle Réponse de Fugue est excellente et doit passer pour fautive selon les autres. Certains rigoristes même n'hésitant point à condamner une Réponse parcequ'elle ne sera point traitée d'après leurs principes, soutiendront que par cette raison seule la Fugue tout entière est mauvaise, que l'œuvre est manquée, que l'auteur ne connaît rien à ce genre de composition etc, etc. Cela prouve qu'on aurait tort d'affirmer qu'aucun Sujet ne saurait admettre plusieurs Réponses. L'expérience a démontré que les différentes versions d'une Réponse pour n'être point toutes également irréprochables, ne sont cependant pas à rejeter; à la vérité, il y en a de plus ou moins régulières, mais alors on fait un choix en faveur de celle qu'on juge devoir être la meilleure.

Si le Thême d'une Fugue commence par la Tonique et ne passe pas dans le Ton de la Dominante, la Réponse se fait à la quinte supérieure ou, ce qui revient au même, à la quarte inférieure, et le plus souvent alors sans éprouver aucun changement. Mais il en est autrement quand le Sujet module à la Dominante, parceque s'il allait d'Ut en Sol, par exemple, la Réponse, pour produire une modulation analogue, changerait du Ton dans lequel la

(1) Cependant à son début, la Réponse s'affranchit parfois de cette règle. Ainsi la partie imitante, au lieu de répondre à la première note du Sujet, soit en augmentant, soit en diminuant la valeur de cette note, d'où vient qu'on apperçoit par exemple un blanche à une croche dans la première partie et une noire liée à une croche dans la seconde. Au reste l'un ou l'autre de ces deux procédés produira d'excellens. Quant à la dernière note du Sujet, elle est ordinairement liée d'être augmentée en dépit des notes qu'on liées dans la Réponse.

Fugue est écrite c'est à dire irait de sol, en RE, au lieu de retourner dans celui de la Tonique ET. Pour qu'elle ne s'écarte point ainsi du ton primitif, on ne peut se dispenser de violer les lois de la correspondance des intervalles, soit en transgressant un degré, soit en répétant la même note sur le même degré c'est en cela que consiste ce qu'on appelle la MUTATION

La nécessité de la mutation résulte de la disposition particulière de la gamme, disposition telle que la série des tons compris entre la tonique et la dominante n'est point égale à celle des tons compris entre la dominante et l'octave de cette tonique. En effet on compte cinq degrés de la tonique à la dominante en montant, et on en trouve seulement quatre en descendant, Ex:

Pour rétablir l'égalité entre les deux parties de l'octave, il est donc nécessaire de diminuer les intervalles dans la Réponse quand le Sujet va de la tonique à la dominante en montant, ou de la dominante à la tonique en descendant, et il faut au contraire les agrandir quand le Sujet va de la tonique à la dominante en descendant ou de la dominante à la tonique en montant. En voici des exemples. Dans chaque réponse nous indiquerons la mutation par un M.

1. Sujet. Réponse. 2. Sujet. Réponse.

5. Sujet. Réponse. 4. Sujet. Réponse.

Il résulte de ce qui précède que, par suite de la mutation, l'UNISSON peut devenir SECONDE, la SECONDE, TIERCE ou quelquefois UNISSON; la TIERCE, QUARTE ou quelquefois SECONDE; la QUARTE, QUINTE ou quelquefois TIERCE; la QUINTE, SIXTE ou QUARTE; la SIXTE, SEPTIÈME ou QUINTE; la SEPTIÈME, (1) OCTAVE ou SIXTE; l'OCTAVE, SEPTIÈME.

Le Sujet et la Réponse ne devant point sortir du Ton principal et de son plus proche relatif, ont pour base de leur corrélation ce principe invariable: que LA TONIQUE ET LA DOMINANTE DOIVENT SE RÉPONDRE MUTUELLEMENT, en sorte que:

1°. Si le Thème commence par la Tonique, la Réponse entre à la quinte ou dominante.
2°. Si le Thème commence par la Dominante, la Réponse commence par la Tonique.
3°. Si le Thème finit par la Dominante, la Réponse finit par la Tonique.
4°. Si le Thème finit par la Tonique, la Réponse finit par la Dominante.
5°. Si le Thème va de la Tonique à la Dominante, la Réponse va de la Dominante à la Tonique.
6°. Si le Thème va de la Dominante à la Tonique, la Réponse va de la Tonique à la Dominante.

THÈME. EXEMPLE. RÉPONSE.

De la Tonique à la Dominante. De la Dominante à la Tonique. De la Dominante à la Tonique. De la Tonique à la Dominante.

En montant. En descendant. En montant. En descendant. En montant. En descendant. En montant. En descendant.

La Règle que nous venons d'exposer conserve non seulement au commencement et à la fin, mais encore assez généralement dans le courant de la Réponse, à moins que des motifs particuliers tels que la crainte de contrarier ou de dénaturer le chant, n'y viennent mettre obstacle. Mais on n'y a presque jamais égard en tout point quand les notes finales du Sujet sautent de la Dominante à la Tonique, car alors on répond exactement à la

(1) Cependant la Septième dominée ayant un caractère à elle propre, il faut faire en sorte de répondre à cet intervalle par un intervalle de même nature, exemple:

Sujet. Réponse.

64

quinte supérieure ou à la quarte inférieure, soit à La, Ré, par Mi, La. Il en est quelquefois de même au début du Sujet lorsque la Tonique est suivie de la Dominante; il y a donc des cas où l'on peut répondre soit à Ré, Tonique à La, Mi, ou régulièrement par La, Ré. Mais ils sont assez rares, et la Réponse en général se fait alors d'après la règle.

EXEMPLES DE QUELQUES EXCEPTIONS.

[notation musicale: 1. Sujet. Réponse. 2. Sujet. Réponse. (1) ou régulièrement.]

[notation musicale: 3. Sujet. Réponse. Sujet. Réponse. ou régulièrement.]

Comme observation générale il est bon de dire qu'on ne doit pas toujours se faire scrupule de sacrifier la règle aux intérêts de la mélodie. Dès que l'on craint de gâter la physionomie du Sujet, d'en changer le caractère par la nécessité d'y répondre régulièrement, il n'y a pas de raison pour hésiter long-temps, et c'est alors le cas d'une exception. Voici encore quelques exemples où l'on verra qu'il convient de renoncer à l'application de la règle.

[notation musicale: Sujet. Réponse. au lieu de: Sujet.]

[notation musicale: Réponse. au lieu de: Sujet.]

[notation musicale: Réponse. au lieu de: Sujet. Réponse. au lieu de:]

Voici en résumé les préceptes généraux à suivre pour la Réponse.

Quand le Sujet commence par la Tonique et reste dans le Ton principal, on sait que la Réponse se fait presque toujours en le transposant note pour note à la quinte supérieure ou quarte inférieure.

[notation musicale: 1. Sujet. Réponse. 2. Sujet. Réponse.]

Quand le Sujet commence par la Dominante, et ne module point, on répond à la première note suivant la règle, c'est à dire par la Tonique; ensuite on n'a qu'à transposer le reste du Sujet à la quinte supérieure ou à la quarte inférieure.

[notation musicale: Sujet. Réponse. Sujet. Réponse.]

Quand le Sujet finit par la Dominante, et ne s'y arrête point en modulant, les dernières notes et quelquefois même une bonne partie du Sujet, au lieu de se transposer à la Quinte supérieure, se transposent à la quarte supérieure (ou quinte inférieure) aussi bien pour que la terminaison s'opère par la tonique que pour répondre à ce qui dépend de la dominante par ce qui dépend de la Tonique.

_____

(1) Cette Réponse nous paraît être préférable à la seconde, car elle rappelle davantage la physionomie du Sujet dont elle reproduit le demi-ton qui se trouve de la seconde à la troisième mesure. Cela nous donne lieu de remarquer qu'on observe autant que possible la coïncidence des demi-tons, principalement de ceux qui constituent le mode. Cela identité est assez difficile à obtenir dans le mode mineur où elle est cependant très nécessaire. En général il faut faire en sorte que les Réponses aux sujets mineurs conservent le type du mode et soient aussi chantantes que le motif donné. Comme dernière observation, il est bon de dire que la régularité d'une Réponse dépend aussi de la position de la note sensible qui doit, pour prédomine, être placée au même endroit que dans le Sujet, c'est à dire qu'on répond autant que faire se peut à la SENSIBLE de la Tonique par la Sensible de la Dominante, et réciproquement.

1. Sujet.   Réponse.   2. Sujet.   Réponse.

Quand le Sujet module à la dominante soit à la fin, soit vers le milieu de son cours, la Réponse module à la Tonique et se fait le plus souvent alors à la quarte supérieure, et le Sujet après avoir modulé à la dominante retourne dans le ton primitif, la Réponse module de la Tonique à la Dominante. Dans ce cas, on divise ordinairement le Sujet en deux parties, celle qui est dans le ton de la tonique se transpose à la quinte supérieure (ou quarte inférieure), et celle qui est dans celui de la dominante se transpose à la quarte supérieure (ou quinte inférieure).

1. Sujet.   Réponse.   2. Sujet.   Réponse.

3. Sujet.   Réponse.

Dans la Fugue, telle qu'elle est traitée de nos jours, on emploie quelquefois des sujets qui commencent ou finissent par tout autre note du Ton que la Tonique, et la Dominante. Il n'est donc pas inutile, dans ce cas, de connaître le point de départ de la Réponse. C'est ce que nous allons indiquer. Lorsqu'il n'y a pas lieu à une exception, on répond soit à la première, soit à la dernière note du Thème.

Par la SECONDE de la Dominante quand cette note est la SECONDE de la Tonique.

Par la TIERCE de la Dominante quand cette note est la TIERCE de la Tonique.

Par la QUARTE de la Dominante quand cette note est la QUARTE de la Tonique.

Par la SIXTE de la Dominante quand cette note est la SIXTE de la Tonique.

Par la SEPTIÈME de la Dominante quand cette note est la SEPTIÈME de la Tonique.

EXEMPLES.

1. Sujet.   Réponse.   2. Sujet.   Réponse.

3. Sujet.   Réponse.   4. Sujet.   Réponse.

5. Sujet.   Réponse.   6. Sujet.   Réponse.

Il peut arriver qu'on ait à traiter un Sujet chromatique. Dans ce cas il faut se le représenter d'abord comme s'il était diatonique, et faire la Réponse en conséquence; on reprend ensuite cette dernière en sous œuvre afin d'y rétablir les demi-tons conformément à l'ordre de leur succession dans le premier modèle auquel cette nouvelle réponse doit être aussi conforme que possible. Le mode mineur est le plus favorable aux Sujets chromatiques parcequ'ils y changent beaucoup moins d'aspect; mais on peut aussi les employer dans le majeur.

N. B. Nous ne devons pas oublier que nous nous promîmes d'expliquer ce qu'on entend par Fugue du Ton, Fugue Réelle et Fugue d'Imitation, et nous allons le faire en peu de mots. Dans l'origine, une Fugue dont le Sujet et la Réponse ne pouvaient sortir des limites de l'octave, et où il fallait rester constamment dans les cordes primitives du Ton, s'appelait, en raison de cela, FUGUE DU TON. Le Sujet n'avait donc à parcourir que quatre à cinq degrés au plus; au reste comme on ne pratiquait aucune modulation dans un morceau de ce genre, il avait en général peu d'étendue. La Fugue réelle était celle où la Réponse se faisait par une transposition exacte du Sujet à la quinte supérieure ou ce qui est équivalent à la quarte inférieure. Comme on ne se bornait pas toujours à ne répondre qu'au Sujet et qu'on imitait quelquefois en outre tout ce que la partie antécédente avait proposé, ce n'était proprement alors qu'un Canon. Enfin la Fugue d'imitation comportait une Réponse assez arbitraire, qui ne reproduisait qu'en partie la forme du Sujet, et qui pouvait avoir lieu à l'unisson, où à l'octave, où à la seconde, où en somme à un intervalle quelconque. Le Sujet de cette espèce de Fugue ne devait pas être long. Aucune régularité ne s'y observait d'ailleurs pour l'entrée de la partie imitante; il suffisait que la Réponse se montrât à un moment opportun, à l'endroit le plus favorable et le mieux choisi. On voit par ces détails que les Fugues d'imitation étaient tout simplement des Canons ou des morceaux écrits en Style Canonique. Un petit nombre de Théoriciens modernes se sert encore de ces dénominations, mais en les établissant à la vérité sur des principes moins

(C. 98.)

EXEMPLE.

A. Modèle Chromatique.

B. Modèle Diatonique.

B. Réponse au modèle Diatonique.

A. Réponse au modèle Chromatique.

Voici maintenant quelques exemples étendus sur les observations que nous avons présentées touchant le Thème et la Réponse.

EXEMPLE I.

Dans l'exemple précédent tout est d'accord avec les règles. Le Sujet au commencement se porte de la Tonique à la Dominante; la Réponse oppose à ce mouvement de quinte un mouvement de quarte pour aller de la Dominante à la Tonique, le Sujet ne module point et se termine par la Tierce de la Tonique, en conséquence, dès qu'on a eu satisfait à la règle qui prescrit d'opposer la Dominante à la Tonique toutes les fois qu'il y a possibilité, le Sujet à partir de la cinquième note a été intégralement transposé à la quinte supérieure, enfin la Réponse se termine par la Tierce de la Dominante.

EXEMPLE II.

Le Thème précédent commence à la Basse par la Tonique et se termine par la Médiante au signe +. La Réponse procède régulièrement sans éprouver d'altération. Elle débute sur le cinquième degré, et finit par la Tierce de la Dominante.

EXEMPLE III.

Ici on observera à l'entrée du Thème un saut de la Tonique à la Dominante auquel la seconde partie répond

rigoureux. Ainsi est on forcé, selon la nature du Sujet, d'assujétir la réponse à quelque modification; afin de ne point quitter le Ton principal, on fait alors ce qu'ils appellent une Fugue du Ton; il y reste la Tonalité moderne donnant la mesure des modulations, on y emploie celles qui résultent du passage dans les TONS RELATIFS dont nous avons indiqué l'emploi. La Fugue réelle et la Fugue d'imitation se traitent d'après les règles ci dessus énoncées. Il faut observer que la première n'étant le plus souvent qu'une imitation canonique, convient plus particulièrement au Style Fugué, et qu'elle n'est pas toujours de nature à fournir une véritable Fugue. Si l'on faisait passer le Sujet d'une Fugue réelle dans le Ton de la Dominante, la Réponse se faisant à la 5.te supérieure d'une ces sortes de Fugue, amènerait une modulation à la 5.te de cette Dominante, de façon qu'on s'éloignerait tout à fait du Ton principal, dans ce cas il faudrait nécessairement ajouter à la Réponse quelques notes en manière de Coda. Mais les Sujets qui modulent à la dominante ne se transposent pas ordinairement en entier à la 5.te supérieure, ainsi qu'on a dû le voir à l'endroit où nous traitons de la Réponse dans le corps de l'ouvrage, mais on en reproduit une partie à la 5.te supérieure et une à la 4.te supérieure d'après cela il faudrait les rentrer module dans le système de la Fugue réelle et inséré dans le système de la Fugue du ton. Quant à la Fugue d'imitation elle ne s'emploie que dans le cours d'une Fugue proprement dite; c'est une portion du Thème principal ou de la Contre-harmonie propre à la Fugue principale qui lui sert de Sujet.

Pour finir nous disons que nous nous croyons fondés à protester de l'inutilité de ces dénominations puisque l'ancienne Fugue du Ton n'est plus d'usage aujourd'hui et que le nom de Fugue ne s'applique plus à de simples imitations ou à des Canons.

(C. 98.)

selon la règle en se portant de la Dominante à la Tonique. Le Thème après ce saut de quinte monte d'un degré; cette seconde se change en tierce dans la Réponse, vu que la progression de RÉ à MI▭ aurait conduit dans une gamme étrangère. Si on se rend compte que la Basse le Thème tend à passer en LA MINEUR. C'est pour un motif semblable que la partie supérieure fait à la sixième mesure un si bécarre au lieu d'un si bémol.

La manière dont les parties débutent et s'entresuivent au commencement de la Fugue pour faire entendre le Sujet et la Réponse est, comme on sait, ce qui constitue L'EXPOSITION. Il est indifférent que le Thème paraisse pour la première fois dans telle partie ou dans telle autre, mais il est bon que toutes les parties dont se compose la Fugue aient alternativement exposé le Thème et la Réponse conformément à une distribution régulière avant qu'on intervertisse l'ordre des premières entrées. Bien que celles-ci ne soient point soumises à des règles fixes, et que le choix des parties soit généralement facultatif, il faut néanmoins considérer si la mélodie est bien appropriée aux moyens d'exécution de la partie à laquelle on doit le confier; il faut voir, en conséquence, si elle ne dépasse pas une certaine étendue soit à l'aigu, soit au grave; il faut, en somme, ne rien négliger pour la faire valoir et lui donner la possibilité de ressortir avec éclat.

Quand la Fugue est à deux parties [1], l'une d'elles propose le Sujet et l'autre fait entendre immédiatement après la Réponse, tandis que la première l'accompagne. Dans ce cas l'exposition donne les quatre chances suivantes:

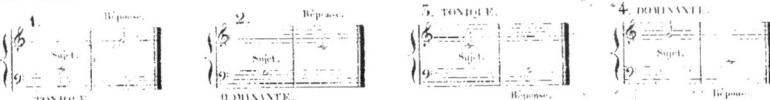

Quand la Fugue est à trois parties, l'une d'elles propose le Sujet, l'autre entre immédiatement après par la Réponse que la première partie accompagne; enfin la troisième reproduit le Sujet, tandis que la première et la seconde font l'accompagnement. On peut avoir alors les quatre dispositions suivantes:

Quand la Fugue est à quatre parties, l'une d'elles propose le Sujet, une autre la suit en donnant la Réponse, tandis que la première l'accompagne; la troisième répercute le Sujet, tandis que la première et la seconde l'accompagnent; vient enfin la quatrième qui fait entendre la répercution de la Réponse, tandis que toutes les précédentes l'accompagnent. Il peut en résulter l'une des quatre dispositions suivantes. [2]

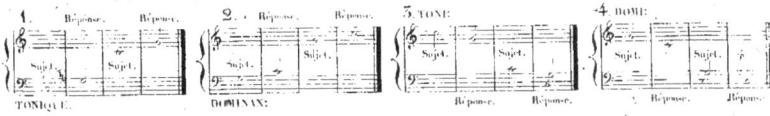

(1) Les Fugues à deux parties s'emploient très rarement.
(2) Bien que l'apparition du Thème et de la Réponse dans l'exposition ait lieu alternativement entre les différentes parties de telle sorte que la Réponse succède immédiatement au Sujet, néanmoins il peut arriver que celui-ci se fasse entendre deux fois de suite en premier, la seconde fois, la place de la Réponse, et cela au moyen de l'imitation à l'octave. La même disposition est également praticable à l'égard de la Réponse.

Admettons que la Fugue soit vocale: avec les voix de SOPRANO, ALTO, TENORE et BASSO, par exemple, nous pourrions obtenir les combinaisons suivantes:

POUR LA FUGUE À TROIS PARTIES.

1 SOPRANO... Thème.	1 BASSO... Thème.	1 TENORE... Thème.	1 ALTO... Thème.
2 ALTO... Réponse.	2 TENORE... Réponse.	2 ALTO... Réponse.	2 TENORE... Réponse.
3 TENORE... Thème.	3 ALTO... Thème.	3 SOPRANO... Thème.	3 BASSO... Thème.

POUR LA FUGUE À QUATRE PARTIES.

1 SOPRANO... Thème.	1 BASSO... Thème.	1 TENORE... Thème.	1 ALTO... Thème.
2 ALTO... Réponse.	2 TENORE... Réponse.	2 ALTO... Réponse.	2 TENORE... Réponse.
3 TENORE... Thème.	3 ALTO... Thème.	3 SOPRANO... Thème.	3 BASSO... Thème.
4 BASSO... Réponse.	4 SOPRANO... Réponse.	4 BASSO... Réponse.	4 SOPRANO... Réponse.

Toutes ces combinaisons sont les plus naturelles et les plus usitées, principalement dans L'EXPOSITION, et chacune d'elles, selon la nature du Motif principal ou Thème, peut s'employer avec succès. Il y en a cependant beaucoup d'autres encore; mais dans le nombre on ne laisse pas que d'en trouver de fort peu avantageuses à raison de la distance trop considérable qu'elles laissent entre les parties. Ainsi l'on tombe dans cet inconvénient si l'on accouple dans l'ordre que voici, à la voix de Soprano, par exemple, les voix de Basse, de Ténor et d'Alto, ou bien à la voix de Basse, les voix de Soprano, d'Alto et de Ténor; car il en résulte un défaut de proportion assez choquant. Peu après L'EXPOSITION, on peut faire une CONTRE-EXPOSITION qui n'est autre chose que la Répercussion du Thème et de la Réponse dans l'ordre inverse des premières entrées. C'est à dire que l'on commence par la Réponse. L'exposition doit être séparée de la Contre-exposition au moyen de l'Harmonie intermédiaire dont nous parlerons bientôt. Au reste on se passe quelquefois de la CONTRE-EXPOSITION qui n'est pas de rigueur; on peut y suppléer par la Répercussion du Sujet dans les différents tons relatifs et dans les diverses parties.

Il est bon d'observer que l'Exposition détermine, en général, les valeurs de notes qui doivent entrer dans le cours de la Fugue; or, on peut bien y introduire des valeurs plus longues que celles de l'Exposition, mais il est rare qu'on y admette de plus courtes.

———

Personne n'aura de peine à concevoir combien l'audition d'une Fugue serait monotone et fastidieuse, quelques artifices du reste qu'on employât pour y jeter de la variété, si le Thème ne se produisait que dans le Ton de la Tonique et dans celui de la Dominante. Il n'est donc pas seulement préférable, mais il est absolument nécessaire que la Répercussion du Thème et de la Réponse se fasse plusieurs fois dans différents Tons. Anciennement les Tons relatifs étaient les seuls dont on permît l'usage, mais aujourd'hui qu'il serait difficile de motiver sciemment une pareille rigueur, les modulations se font avec plus de hardiesse et de liberté, et les magnifiques effets qui sont la conséquence de ce système prouvent en dépit des vieilles traditions et de la routine des écoles qu'il y a pour l'art des voix nouvelles, et que ce n'est aboutir à rien que de suivre une route interceptée par le Temps.

D'après cela on doit abandonner le choix des modulations au goût et à l'expérience du Compositeur; s'il a autant de discernement qu'on lui en suppose, il ne modulera qu'avec retenue et sobriété dans une Fugue de peu d'étendue, et n'emploiera des modulations plus frappantes que dans celle qui doit comporter d'assez longs développements. En général il fera en sorte de rester peu de temps dans les tons étrangers, et quand il se sera par trop éloigné du Ton principal, il usera d'adresse pour y revenir insensiblement, se gardant bien de hasarder une transition brusque, à moins qu'il ne soit sûr d'un bon résultat.

Mais comme on pourrait s'égarer si l'on ne possédait point l'expérience nécessaire pour se passer de guide, il est bien dans les commencements de se diriger d'après une méthode sûre et de s'en tenir à l'emploi des TONS RELATIFS

Il est inutile de rappeler qu'on nomme particulièrement Tons relatifs les Tons qui ont la même armure, qui portent le même nom, ou qui ne diffèrent que d'un seul accident à la clef. Or, quand la Fugue est dans le mode majeur, on module ordinairement dans les Tons relatifs en suivant l'ordre que nous allons indiquer. Du Ton principal ou en Ut dans celui de la DOMINANTE (mode majeur), 2. dans celui de la SIXTE (mode mineur), 3. dans celui de la SOUS-DOMINANTE (mode majeur), 4. dans celui de la SECONDE (mode mineur), 5. dans celui de la MÉDIANTE (mode mineur); après cela on retourne dans le ton de la DOMINANTE pour conclure ensuite dans le TON-PRINCIPAL. Quand la Fugue est en mineur, du TON-PRINCIPAL on va dans celui de la MÉDIANTE (mode majeur), et l'on est libre de moduler ensuite ou dans le ton de la DOMINANTE (mode mineur), ou dans celui de la SIXTE (mode majeur), ou enfin dans ceux de la SOUS-DOMINANTE (mode mineur) et de la SEPTIÈME (mode majeur); l'on procède en dernier lieu comme pour la Fugue dans le mode majeur. Outre ces modulations, le mode prédominant de Majeur qu'il était peut se transformer passagèrement en Mineur dans le courant de la Fugue, et de mineur peut devenir majeur. (1)

De même que la Fugue acquiert un charme nouveau et un degré d'intérêt de plus par l'intervention des Tons-étrangers qui rompent la monotonie d'un système de modulations auquel l'oreille n'est que trop habituée, de même l'art qu'on emploie pour varier et introduire les reprises du Thème, pour les faire alterner entre les différentes parties, contribue encore à l'embellir. L'idée principale se travaille soit en entier, soit partiellement, tantôt au moyen du procédé qui consiste à imiter le Sujet ou la Réponse à tous les intervalles, et cela le plus souvent en imitation serrée, tantôt en augmentant ou en diminuant la valeur des notes, tantôt en opposant un temps fort à un temps faible et réciproquement, tantôt en faisant usage du mouvement contraire, etc. Le Sujet peut aussi s'employer dans le courant de la Fugue et sans qu'il y ait imitation, soit par augmentation, soit par diminution, soit par mouvement contraire. Il faut encore ajouter aux artifices précédents les Strettes où l'on rapproche autant que possible les entrées du Thème et de la Réponse (2), et enfin les Canons qui le plus souvent proviennent du prolongement des Strettes. Non seulement on a la faculté de traiter le Thème dans son intégrité, mais on peut encore en tirer des fragments qu'on soumet aux mêmes combinaisons. Tout Sujet peut se prêter à un développement partiel, mais il y en a qui ne sont point susceptibles de se plier à toutes les formes qu'on veut leur faire prendre. De ce nombre sont ceux qui ne fournissent point de STRETTES CANONIQUES, c'est à dire de Strettes où le Sujet et la Réponse se reproduisent d'un bout à l'autre sans interruption. Dans ce cas force est de tronquer ou le Sujet ou la Réponse. Nous allons présenter quelques exemples pour éclaircir ce qui précède.

EXEMPLE I.

Réponse.

Thème.

Dans les Répercussions on peut varier l'exemple précédent de plusieurs manières, savoir:

1. Imitation à la Seconde.   2. Imitation à la Tierce.   3. Imitation à la Quarte.   4. Imitation à la Quinte.

(1) Un n'est point tenu d'employer toutes ces modulations dans la Fugue ni de faire entendre le Sujet dans tous les tons relatifs.

(2) On emploie aussi quelquefois dans les STRETTES le Sujet ou la Réponse par mouvement contraire ainsi qu'en augmentation ou en diminution. Dans une Strette ou dans une imitation, il est rare que le Sujet et la Réponse puissent se succéder régulièrement, ou le même temps de la mesure, mais ils entrent à l'endroit le plus favorable. Par le moyen des imitations serrées et des Strettes, proprement dit on obtient des Canons dans la Fugue. Il n'est ordinairement déplacé que de ces derniers après la PÉDALE, etc.

EXEMPLE II.   *etc.*   **EXEMPLE III.**   *etc.*

STRETTE DE L'EXEMPLE II.   STRETTE DE L'EXEMPLE III.

On voit ci-dessus que pour former la Strette la Réponse entre deux mesures plustôt que la première fois.

La Strette de l'exemple III est encore plus serrée que celle de l'exemple II, où l'entrée de la Réponse se fait après une demi-pause.

Nous croyons devoir nous borner pour le moment aux exemples qui précèdent, car nous aurons bientôt occasion de revenir sur le développement de la matière principale d'une Fugue en parlant de l'Harmonie intermédiaire. Mais auparavant il est nécessaire de donner quelques explications à l'égard de la CONTRE HARMONIE ou CONTRE SUJET.

Le Chant qui continue le Thème ou la Réponse (1) et qui accompagne tantôt l'un, tantôt l'autre, s'appelle, comme on sait, CONTRE HARMONIE. Bien que ce chant accompagnateur ait ordinairement sa forme particulière et distinctive, il ne doit cependant pas perdre toute analogie avec le motif principal. On considérera qu'il ne s'agit point simplement ici d'un accompagnement ordinaire, et que la phrase ajoutée, servant en quelque sorte d'auxiliaire au Sujet, ne saurait être purement harmonique; elle doit donc cadrer avec l'idée principale par une mélodie propre à soutenir l'intérêt, et d'un sens clair, net et intelligible. Selon le besoin, on peut changer la CONTRE HARMONIE à chaque Répercussion nouvelle, en observant toutefois de ne pas introduire trop de diversité; mais lorsqu'on veut la reproduire, il faut faire en sorte de la combiner en Contre-point double (2). En général il vaut souvent mieux reme placer la Contre harmonie que de répéter des phrases peu saillantes et d'un médiocre intérêt, qui jetteraient de la monotonie dans la Fugue. Le Sujet, et la Contre harmonie ou Contre sujet peuvent être accompagnés par des parties de remplissage.

Il n'est pas nécessaire de dire que les parties ne doivent pas se trouver trop éloignées ou trop rapprochées les unes des autres, sous peine de nuire à la clarté ou d'embrouiller le Chant. Au reste pour obvier à cet inconvénient, on peut faire usage de quelques pauses dont la durée varie selon la circonstance. Ces pauses servent principalement à empêcher que le Sujet et la Réponse ne se confondent avec la Contre harmonie. Elles donnent aussi du relief aux Répercussions dont on les fait suivre.

EXEMPLE.

Réponse.

Thème.   Contre harmonie.

(1) Les quelques ...
(2) ...

De la continuation de la CONTRE-HARMONIE naît l'HARMONIE INTERMÉDIAIRE qui amène chaque fois la Re_
percussion du Motif principal. De l'HARMONIE INTERMÉDIAIRE se forment les ÉPISODES, les DIVERTISSEMENTS
de la Fugue. Si l'on combine cette harmonie avec des fragments du Sujet ou des Contre-Sujets, il en résulte
plus d'unité, mais en revanche on n'obtient point cette richesse et cette variété que peuvent offrir l'emploi des
ressources étrangères. Lorsque l'harmonie intermédiaire n'est point déduite du Sujet, il faut veiller à ce
qu'elle ne fasse pas une disparate choquante avec les principaux éléments de la Fugue; pour cela on tâchera
d'établir quelque analogie soit sous le rapport du Rhythme, soit sous celui des formes de la mélodie, entre
les Épisodes et le reste de la Fugue; on fera tout en un mot pour que l'harmonie intermédiaire soit parfaitement appropriée au caractère général du morceau.

On emploie pour harmonie intermédiaire soit des IMITATIONS, soit des MARCHES HARMONIQUES ou MÉLODI_
QUES. Les premières peuvent être combinées en CONTRE-POINT DOUBLE ou en CONTRE-POINT SIMPLE. Si l'on
ne veut point en inventer la matière, il faut avoir soin de varier le choix des fragments du Sujet ou de la Con_
tre Harmonie qui servent à les former. C'est pendant le cours des épisodes que l'on peut moduler pour faire
passer dans d'autres tons le motif principal, la Réponse et la Contre-harmonie.

L'Harmonie intermédiaire ne doit pas se produire trop souvent, ni avoir trop d'étendue. On évite de la termi_
ner par une Cadence parfaite, l'apparition du Thème impressionnant toujours d'autant plus vivement qu'elle est plus
inattendue. Il n'est pas de rigueur que toutes les parties viennent compléter et nourrir l'Harmonie des Épisodes,
bien au contraire, il vaut mieux que plusieurs d'entre elles comptent pendant quelques mesures, car alors les
dépercussions sont plus saillantes et d'un meilleur effet. On donne communément des pauses avant une Répercussion
aux parties qui doivent attaquer le Sujet et la Réponse.

En général on recommande de ne point terminer la Fugue par un épisode, l'oreille étant plus satisfaite d'en_
tendre une dernière fois l'idée principale alors que la conclusion s'opère. Néanmoins cela souffre exception en
bien des circonstances. La Fugue est souvent précédée d'une Introduction qu'on établit sur un fragment du Thè_
me; quelquefois cependant cette introduction n'a pas rapport à la matière principale de la Fugue. Pour finir
on peut employer une CODA harmonique plus ou moins développée.

Pour donner une idée des ressources propres à la matière fuguée, et des combinaisons que fournissent un Thè_
me bien choisi, nous croyons qu'il n'est pas inutile de donner l'exemple suivant où tous les artifices sont tirés du Sujet,
mais où l'on n'a pas encore épuisé toutes les chances de variété d'un pareil travail.

Il ne suffit pas de connaître les éléments de la Fugue, car après avoir jeté les bases d'une composition de ce genre, il faut de plus, savoir l'étendre et la développer. A cet égard on ne peut rien dire de précis, de fixe et d'invariable. Presque toutes les Fugues se ressemblent quant aux principales conditions de leur formation, mais elles diffèrent plus ou moins quant à la matière dont elles se composent, et même quant à leur forme. Cela vient de ce que chaque compositeur suit l'ordre d'enchaînement qui lui paraît être le plus convenable. C'est bien le moins qu'on lui laisse alors consulter son goût, son faire particulier, son caprice, sa fantaisie même, en un mot tout ce qui constitue l'individualité de son talent. Les moyens mis en œuvre par les grands maîtres, et principalement par les compositeurs illustres de l'école Allemande comme Haendel, Bach, Mozart etc: lorsqu'ils ont eu pour but de plaire, d'intéresser ou d'émouvoir, résument toutes les doctrines, tous les principes qu'on essaierait de développer. Les analyser avec soin, c'est entreprendre une étude utile et fructueuse, qui peut indiquer mieux qu'on ne saurait le faire par des mots, la route à suivre pour la conduite générale d'une Fugue.

Nécessairement cet objet outre des connaissances étendues, exige un jugement sûr, un goût parfait, et surtout l'art de dissimuler les difficultés du travail, pour qu'on n'y sente point cette sécheresse inhérente aux productions scientifiques. Si l'on employait inconsidérément tous les artifices dont on peut user, ou la Fugue manquerait d'unité, ou elle se prolongerait au delà des bornes raisonnables, car le développement de l'idée principale au moyen de l'imitation entière ou particelle, les différentes manières de varier les répercussions, les diverses chances de modulation, l'emploi des ressources étrangères à la matière principale de la Fugue, tout cela fournit une multitude de combinaisons qu'on ne peut toujours épuiser en une seule fois. A partir de l'exposition jusqu'à la conclusion, il faut ménager les effets de telle sorte que l'intérêt loin de s'affaiblir un seul instant, s'accroisse de plus en plus. La fin de Fugue surtout doit être pleine d'entraînement, de verve et de chaleur. C'est là que se déploient dans tout leur éclat les richesses de la matière fuguée, et cela grâce à un nouveau resserrement du Thème et de la Réponse constituant le Stretto final, à une transition brillante et inattendue, à la vivacité donnée au mouvement des parties qui se succèdent de très près, et semblent se poursuivre avec acharnement. [1]

Il nous reste à parler de la PÉDALE qu'on emploie souvent avant de clore la Fugue, ou au moment même de la terminer. Elle peut se faire tant sur la Tonique que sur la Dominante, à la Basse comme dans une partie intermédiaire ou dans une partie supérieure; mais elle a, ordinairement lieu sur la Dominante et dans la partie grave. Tandis qu'une partie fait entendre la note prolongée, toutes les autres se combinent entr'elles de manière à offrir la reproduction de ce qu'on a exposé de plus intéressant depuis le commencement du morceau. Ce sont ou des progressions, ou le Sujet traité de différentes manières, ou des STRETTES RACCOURCIES, ou des Imitations, ou des Canons, etc. tous artifices introduits précédemment dans le cours de la Fugue. Cette sorte de résumé des idées les plus brillantes fait que l'ensemble laisse une impression forte et durable. La Pédale ne se pratique guère que dans les Fugues à plus de deux parties, autrement on serait privé des moyens de l'orner et de la rendre intéressante. [2]

EXEMPLES.
FUGUES À DEUX PARTIES.

[1] Dans la Fugue moderne on se sert encore assez fréquemment d'un autre moyen non moins puissant pour augmenter l'intérêt, et qui consiste à interrompre la marche de l'harmonie par un passage à l'unisson où toutes les parties se réunissent aussi quelquefois pour faire entendre le Sujet.

[2] On la supprime quelquefois dans les Fugues instrumentales et particulièrement dans celle que l'on compose pour le piano.

FUGUES À TROIS PARTIES.

FUGUES À QUATRE PARTIES.

CHAPITRE SECOND ET DERNIER.

DE LA FUGUE A PLUSIEURS SUJETS, DE LA FUGUE AVEC CHORAL, ETC.

La Fugue n'est pas toujours établie sur un seul Sujet; on peut aussi lui en donner deux, trois, quatre et même davantage. Lorsqu'elle a deux Sujets, elle se nomme Fugue Double ou Fugue à deux Sujets, lorsqu'elle en a trois, Fugue à trois Sujets, lorsqu'elle en a quatre, Fugue à quatre Sujets. En général, sous la dénomination de Fugue double on comprend toutes celles qui ont plus d'un Sujet.

Pour qu'une Fugue à plusieurs Sujets ait les qualités distinctives de son espèce, il faut que les Sujets de cette fugue diffèrent essentiellement les uns des autres tant par la valeur des notes que par le Rhythme et le caractère. Chacun doit donc se distinguer et attirer sur lui l'attention par une mélodie claire, facile et intéressante. De toutes les Fugues à plusieurs Sujets, la Fugue double ou à deux Sujets est après la Fugue simple ou à un Sujet, celle qui fatigue le moins les auditeurs, parcequ'elle est moins compliquée, partant plus intelligible que les autres. Les Règles de la Fugue ordinaire lui étant applicables, nous n'avons ici qu'à recommander d'y avoir égard, et qu'à mentionner ensuite ce qui la concerne particulièrement.

On doit combiner les deux Sujets en Contre-point double à l'octave, afin de pouvoir les renverser. La Réponse du premier Sujet est toujours régulière, mais la Réponse du second Sujet accompagnant celle du motif principal subit les conséquences des changements qu'éprouve ordinairement celle dernière, et ne manque point alors de recevoir quelques modifications pour satisfaire aux exigences de l'harmonie. Toutefois si ces modifications en défiguraient pas trop la mélodie, il faudrait retoucher le second Sujet de manière à établir plus de conformité entre ce Sujet et sa Réponse.

D'ordinaire les Sujets ne débutent pas simultanément, mais font successivement leur entrée à une distance plus ou moins grande l'un de l'autre. Ils peuvent s'accompagner mutuellement, ou bien d'abord être traités chacun à part, et réunis ensuite. Il est encore une autre disposition qui consiste à n'introduire en premier lieu qu'un seul Sujet et à s'en occuper assez long-temps, puis, après un épisode, à faire une nouvelle exposition avec un second Sujet, et enfin à les employer tous les deux à la fois.

Dans les Fugues à trois Sujets pour lesquelles on doit se servir du Contre-point Triple, et dans celles à quatre Sujets où l'on doit faire usage du Contre-point Quadruple, on observera outre les principales règles de la Fugue Simple, tout ce qui vient d'être dit relativement à la Fugue Double. Il faut également y faire une Réponse régulière au Sujet principal et avoir soin toutes les fois qu'il y aura possibilité, de prendre une ou deux parties de plus qu'on n'emploie de thèmes, afin de pouvoir faire reposer de temps à autre quelques unes des parties dont se compose le morceau.

Nous ajouterons, comme dernière remarque, qu'il est raisonnable de s'en tenir aux Fugues à trois Sujets, celles qui dépassent ce nombre n'ont aucun avantage particulier sur ces dernières ni sur les Fugues doubles, et offrant des combinaisons de plus en plus compliquées, finissent par tomber dans la confusion ou pour le moins deviennent fort difficiles à saisir, surtout pour des oreilles peu exercées comme le sont communément celles de la majorité des auditeurs.

La Fugue double pouvant se combiner de manière à fournir une harmonie à cinq, six, sept ou huit parties, il n'y a donc aucune nécessité de recourir aux trois Sujets lorsqu'on veut obtenir une harmonie de ce genre.

FUGUES VOCALES À DEUX SUJETS.

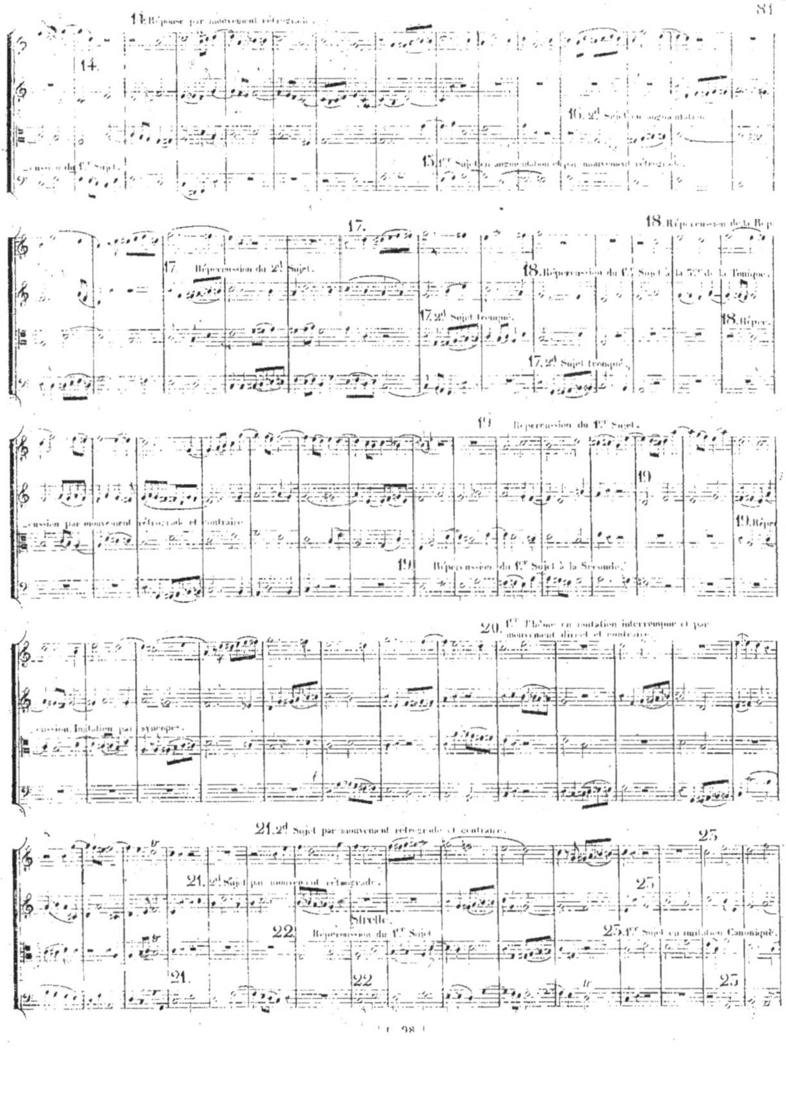
14. Réponse par mouvement rétrograde
14.
16. 2d Sujet en augmentation
15. 1er Sujet en augmentation et par mouvement rétrograde.
17.
18. Répercussion de la Rép
17. Répercussion du 2d Sujet.
18. Répercussion du 1er Sujet à la 7te de la Tonique.
17. 2d Sujet tronqué.
18. Répe
17. 2d Sujet tronqué.
19 Répercussion du 1er Sujet.
19
cussion par mouvement rétrograde et contraire
19. Répe
19 Répercussion du 1er Sujet à la Seconde.
20. 1er Thème en imitation interrompue et par mouvement direct et contraire.
cussion. Imitation par syncopes.
21. 2d Sujet par mouvement rétrograde et contraire.
23
21. 2d Sujet par mouvement rétrograde.
23
Strette.
22 Répercussion du 1er Sujet
23. 1er Sujet en imitation Canonique.
21.
22
23

C.H.GRAUN.

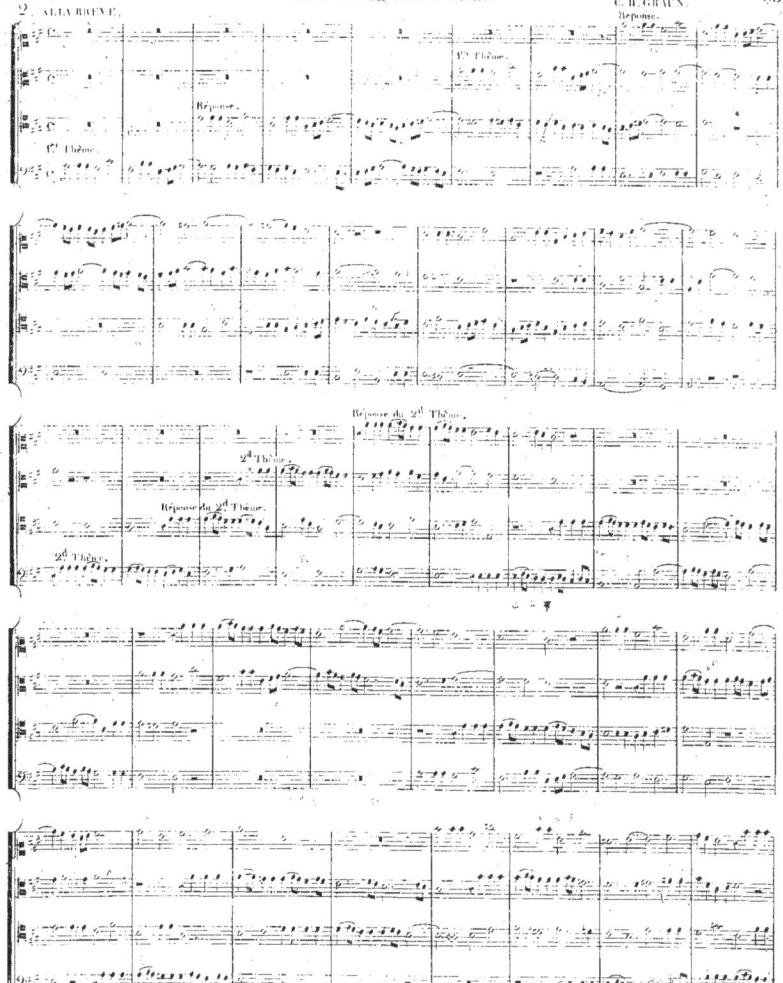

(*) FUGUE
à 4 Sujets.
Par
H. BLANCHARD.

(*) Cette Fugue qui fait partie d'une œuvre inédite de quatuors par M. Blanchard, atteste un travail de Contrepoint assez curieux. Chacun des Sujets de cette Fugue sert de motif à chacun des morceaux d'un quatuor: celui du premier morceau est emprunté au quatrième Sujet; l'ADAGIO est pris du troisième Sujet traité à trois temps, mais sans aucune altération; le MINUETTO ou SCHERZO à trois temps aussi, est formé du second Sujet; et le premier Sujet qui sert de thème au final, réunit ces divers éléments qui constituent la Fugue à quatre Sujets.

LA FUGUE AVEC CHORAL est celle où l'une des parties fait entendre un PLAIN-CHANT ou CHORAL tandis que les autres parties l'accompagnent dans le style propre à ce genre de composition. Elle peut être DOUBLE ou SIMPLE. Si l'on prend quelques notes du Choral pour former le Sujet, alors les différentes parties, ainsi que dans la Fugue ordinaire, reproduisent successivement ces notes jusqu'à ce qu'elles s'en soient toutes emparées. Si le Plain-chant ou Choral, a commencé par la Tonique, plus tard on profite d'une occasion favorable pour le donner dans une autre partie à la 5.e supérieure ou à la 4.e inférieure, c'est à dire à la dominante. Tant que le Choral dure il faut que toutes les parties soient habilement travaillées en imitations contre ce chant. Dans une pareille composition on peut se servir de tous les artifices et ornements des divers Contre-points. Le plus souvent on place une Fugue régulière contre le Plain-chant, lequel est accompagné soit avec un Sujet soit avec deux Sujets.

Les intervalles de silence qui se trouvent entre les phrases du Choral ou Plain-chant peuvent être remplis par des STRETTES, des Imitations, des Épisodes, etc.

Moderato.

FUGUE AVEC CHORAL.

G. ALBRECHTSBERGER.

Andante.

FUGUE AVEC CHORAL.

J. S. BACH.

Il nous reste maintenant à dire quelques mots sur les prétendues Fugues par augmentation, par diminution et par mouvement contraire, sur les Fugues à un grand nombre de voix et sur les Fugues accompagnées.

Dans la Fugue par augmentation on fait la Réponse en doublant la valeur des notes dont se compose le Sujet, et dans la Fugue par diminution en la diminuant de moitié. Le Sujet d'une Fugue en augmentation doit avoir peu d'étendue et n'admettre que d'assez courtes valeurs; mais pour l'autre on choisit au contraire un Sujet composé de valeurs un peu longues; enfin dans la première comme dans la seconde le Sujet doit se produire aussi souvent par augmentation et par diminution que sous son aspect naturel. La Strette et les Imitations y sont également soumises aux mêmes conditions.

Quant à la Fugue par mouvement contraire on l'obtient en combinant les Strettes, les Imitations et le plus souvent aussi le Sujet par mouvement contraire, et cela d'une manière SÉVÈRE ou LIBRE [1] toutefois dans le courant de la Fugue le Sujet ou la Réponse peuvent s'employer par mouvement semblable. Le mouvement contraire est également applicable à deux, à trois et à quatre parties, mais il est peu usité. Au reste de nos jours tous ces artifices ne constituent pas des compositions d'un genre particulier; ce sont uniquement des procédés dont on se sert dans le courant d'une Fugue proprement dite (bien entendu quand le Sujet s'y prête) pour varier les Répercussions du motif principal et pour éviter de reproduire constamment la même chose de la même manière. Après cela nous n'avons pas besoin d'insister, il serait superflu de donner ici des exemples de leur ancienne application.

Les Fugues à plus de quatre parties sont très peu usitées de nos jours, voire même dans la musique religieuse; mais on peut s'exercer à en faire, pour apprendre à vaincre de grandes difficultés et à traiter les autres Fugues avec d'autant plus d'aisance et de facilité. Il est bon de se rappeler ici ce que nous avons dit pour le Contrepoint à un grand nombre de parties de la division de ces dernières en deux chœurs qui alternent l'un avec l'autre, et ne se réunissent que momentanément. Dans les Fugues dont il est question en ce moment on peut les disposer de la même manière, mais nous nous abstiendrons d'en donner des exemples dont la véritable place n'est pas dans une Théorie abrégée, mais bien dans une grande Théorie. Nous renvoyons donc ceux qui désirent étudier d'excellents modèles aux œuvres des compositeurs les plus habiles dans ce genre, au nombre desquels il faut citer en première ligne Sarti et Cherubini.

L'exécution d'une Fugue peut avoir lieu de plusieurs manières, ou ALLA PALESTRINA, c'est à dire par des voix seules, sans accompagnement, ou A CAPELLA, c'est à dire par des voix avec accompagnement d'orgue ou de Violoncelles et Contrebasses ou même de ces divers instruments réunis; cet accompagnement se compose de la basse du chant surmontée des chiffres nécessaires pour indiquer l'harmonie qu'elle comporte, ou bien d'une basse figurée qui constitue en dehors de la Fugue une partie réelle; dans ce cas l'Orgue ou simplement les Violoncelles et les Contrebasses avec les autres instruments à cordes qu'on y a joint, l'exécutent ainsi que l'harmonie représentée par les chiffres qui l'accompagnent. Il y a de ces basses instrumentales qui ont un mouvement continu, pendant tout le cours de la Fugue. Une Fugue vocale s'accompagne encore soit avec les instruments à cordes seuls, soit avec l'orchestre tout entier. Les instruments peuvent alors doubler les différentes parties de la Fugue, ou les varier, ou même en exécuter de nouvelles. Dans ce dernier cas, si l'une des masses propose un Sujet et que l'autre lui en oppose un d'un caractère tout différent, il en résulte une double Fugue susceptible d'un immense intérêt en raison de l'alliance des deux genres de musique vocale et instrumentale, qui combinent leurs richesses et déploient simultanément les avantages et les ressources propres à chacun d'eux.

On trouvera de nombreux exemples des différentes manières de traiter l'accompagnement des Fugues dans les œuvres des grands maîtres et entre autres de Perti, Durante, Jomelli, Cherubini, Reicha.

---

(1) On traite LIBREMENT un Thème par mouvement contraire quand on ne donne pas la reproduction exacte des mêmes sons et des mêmes intervalles, et SÉVÈREMENT si l'on observe très fidèlement la correspondance des tons et des demi-tons.

N°. 1. Sévère.   N°. 2. Libre.

Gravé par VALÉRA

GAMBOGI FRÈRES, ÉDITEURS DE MUSIQUE, SUCCESSEURS DE **CHABAL.**

15, boulevard Montmartre (à côté de la rue Vivienne), à **Paris.**

COURS COMPLET DE MUSIQUE APPLIQUÉ AU CHANT

PAR

LUIGI BORDÈSE

SOLFÉGE MODERNE D'ITALIE, avec accompagnement de piano . . . . net **6 fr**

Les leçons de solfége sont écrites avec les deux clefs de **sol** et de **fa,** afin que les ténors et les basses puissent lire leur clef habituelle.

LE MÊME, FORMAT IN-8°, sans accompagnement. . . . . net **2 fr.**

MÉTHODE DE CHANT, 2ᵉ édition, revue, corrigée et augmentée. . . . . net **8 fr.**

L'auteur a évité, dans cette édition, de donner aux principes théoriques des développements excessifs. Il a préféré composer de bons exemples, afin de joindre la pratique à la théorie. Cette méthode conduira l'élève jusqu'à l'étude des grandes vocalises.

VOCALISES FACILES, extraites de sa Méthode de chant, et pouvant servir d'introduction à celles de **GARDONI** . net **6 fr.**

VOCALISES.

GARDONI (*Italo*), 15 Vocalises calculées sur la formation du style moderne et le perfectionnement de l'art du chant. net **7 fr.**

MONTANINO, 24 Vocalises pour soprano ou ténor, deux livres, chaque. . . . . prix marqué **20 fr.**

ÉTUDES, EXERCICES, PRÉLUDES, ETC.

POUR LE PIANO

BAILLOT. Op. 7. Vingt-cinq préludes propres à exercer la mémoire des élèves. . . . . 6 fr.

BAUDIOT. Traité de la transposition appliquée au Piano, adopté par le Conservatoire. . . . . . 12 »

COHEN (J.). Op. 7. Douze Études de style adoptées au Conservatoire impérial de musique . . . . . . 20 »

CZERNY (CH.). Op. 337. Exercice journalier ou 40 Études pour obtenir une brillante exécution (nouve le édition avec le portrait de l'auteur). . . . . 12 »

GORIA (A.). Ecole moderne du Pianiste, six études brillantes. . . . . net. 9 »

GUÉNÉE (L.). L'Agilité du Pianiste, nouveaux exercices adoptés par le Conservatoire de musique. . . . . . . 9 »

ARGENTON (A. D'). Études de style adoptées par le Conservatoire de Paris... 20 fr.

GUÉNÉE (L.). Op. 15. Dix Études mélodiques adoptées par le Conservatoire de Paris. . . . . 10 fr.

HUNTEN (F.). Op. 114. Vingt-cinq études progressives et soigneusement doigtées, à l'usage des pensionnats, faisant suite à la Méthode et servant d'introduction aux Études de CRAMER. . . . . 12 »

LAZARE (M.). Six Études brillantes. . . . . 15 »

MULLER (L.). Petit Manuel du jeune Pianiste, étude journalière des exercices et des gammes les plus utiles, répartis pour chaque jour de la semaine; recueil destiné à hâter les progrès des élèves et à leur faciliter une exécution brillante . . . . 9 »

PFEIFFER (C.). Six Études brillantes . . . . 10 »

MÉTHODES, ÉTUDES, TRAITÉS, ETC.

POUR DIVERS INSTRUMENTS

CLAIRON CHROMATIQUE

SCHILTZ. Méthode élémentaire et complète. . . . . . . Ténor 15 »
— — Basse 15 »

CORNET A PISTONS

SCHILTZ ET GERSON. Méthode complète, suivie de trente-six Études et de quinze Duos (2ᵉ édition). . . . . . . 18 »

FLUTE

TULOU. Méthode progressive et raisonnée adoptée par le Conservatoire . . . . 30 »
— Petite Méthode élémentaire, format in-8°... net. 3 »
— La même, avec texte espagnol, format in-8°, net. 3 »

HARMONIUM

ENGEL. Traité pratique d'Harmonium . . . . »
GUEIT (Marius). Méthode d'Orgue expressif (dit Harmonium) 18 »

OPHICLÉIDE

SCHILTZ ET MULLER. Méthode complète, suivie d'Exercices et de Duos bien gradués. . . . . 12 fr.

VIOLON

HERMANN (AJ.). Op 6. Six Études très-brillantes. . . . . . . 10 »

TRAITÉS D'HARMONIE

KASTNER (G.). Théorie abrégée du contre-point et de la fugue, approuvée par l'Institut de France . . . . . . 24 »

PERNE. Cours élémentaire d'harmonie et d'accompagnement. . . . . net 60 »

PARIS. — IMPRIMERIE CENTRALE DES CHEMINS DE FER DE NAPOLÉON CHAIX ET Cⁱᵉ, RUE BERGÈRE, 20

MUSIQUE DE PIANO

publiée par GAMBOGI frères, éditeurs de musique, successeurs de CHABAL, 15, Boulevard Montmartre (à côté de la rue Vivienne).

N. B. La force des morceaux est indiquée par degrés: FACILE, 1er, 2e, 3e, 4e degré; MOYENNE FORCE, 5e, 6e, 7e, 8e degré; DIFFICILE, 9e, 10e, 11e, 12e degré.

Paris.— Imp. de Nap. Chaix et Cie, rue Bergère, 20.—5356